身代わり伯爵の潜入

清家未森

15364

角川ビーンズ文庫

身代わり伯爵の潜入

CONTENTS

序章　約束と賭け　7
第一章　危機一髪な幕開け　12
第二章　潜入捜査開始！　31
第三章　夢みる公女様　124
第四章　偽者の花嫁と宝剣をめぐる人々　172
第五章　暗闇の再会　213
あとがき　251

ジーク
アルテマリスの第一王子。ミレーユを後宮に入れるのが夢。ミレーユにちょっかいを出し、リヒャルトに怒られている。
フレッド
はた迷惑なミレーユの双子の兄。いつもおちゃらけてミレーユに怒られているが、切れ者な面も。妹至上主義。
ヴィルフリート
アルテマリスの第二王子。フレッドを好敵手とし、ミレーユには密かな恋心を抱いている。着ぐるみフェチな美少年。

身代わり伯爵の潜入 CHARACTERS

リヒャルト

フレッドの親友で副官。正体が明かされ故郷のシアランに帰る戻ることに。ミレーユのことを大切に想っている。

ミレーユ

元気で貧乳で家族想いの少女。双子の兄・フレッドの身代わりに王宮に出仕する事になってから、運命が激変することに。

本文イラスト／ねぎしきょうこ

序章　約束と賭け

何年くらい前のことだったか。王女とふたりきり、森の中で迷子になったことがある。

なぜそんなところで迷子になったのか。王女が家出したからである。

家出の理由は、親身につきあっていたとある貴婦人が自分のいないところで陰口《かげぐち》をたたいていたから。その頃《ころ》はまだ暴れて怒《いか》りを発散させるという技術も身につけていなかったため、傷ついた彼女は離宮《りきゅう》に逃亡《とうぼう》し、王宮に戻《もど》りたくないあまりそのままそこも抜《ぬ》け出してしまった。

発見した時、彼女は木の根元にうずくまって眠《ねむ》っていた。迎《むか》えにきたのがリヒャルトでなく意地悪な伯爵《はくしゃく》とわかって、目を覚ますなりものすごく嫌《いや》そうな顔をされ、挙げ句に森の奥へ逃《に》げられた。よくここまで嫌《きら》われたものだと自分の手腕《しゅわん》に感心しながら追いかけて、しばらく追いかけっこを楽しんでいたら、いつの間にか日が暮れて本当に迷子になってしまったのだ。

『帰りたい』

見つけた森小屋で夜を明かすことになったとき、急に弱気になったセシリアはそう帳面に書き付けた。この頃はまだ彼女は声が出ず、筆談のための帳面を持ち歩いていた。

「帰るのが嫌で家出されたのでは？」

もっともな質問をすると、王女は真っ赤になってさらに帳面に書き込んだ。

『あなたなんか嫌い。だから早く帰りたい』

要するに一緒《いっしょ》にいたくないから、離宮に戻ったほうがましだと言いたいのだろう。

「じゃあ、リヒャルトが早く見つけに来てくれるように、ふたりで祈《いの》りましょう」

すると、セシリアは心細そうな顔でうつむいてしまった。

彼の名を出すと途端《とたん》に素直《すなお》になる。彼が兄であるということは知らないはずだ。だが誰《だれ》より一番——ひょっとしたら唯一《ゆいいつ》の、心を開いている存在であるのは見ていればわかる。

「殿下《でんか》は、リヒャルトのことがお好きですか？」

じろっとこちらをにらみ、セシリアは拗《す》ねたようにまたペンを走らせた。

『好きだったら悪いの？』

「いえ、悪くありませんが、参考のためにどのへんが好きなのか教えてください」

『あなたと違《ちが》って優《やさ》しいところ！』

「ああ。なるほどねぇ」

納得《なっとく》していると、王女は少し躊躇《ためら》うように間を置いてからまた何か書き付けた。

『あの人、いつまで傍《そば》にいてくれるの？』

「……なぜです？」

『いつまでもずっとは、いてくれない気がするから』

誰かが漏《も》らしたのか、それとも自分で察したのか。優しい騎士《きし》との日々が長くは続かないであろうと、彼女はどうやら気づいていているらしい。

「じゃあ、ずっとアルテマリスにいてくれるよう彼を説得できたら、ぼくのことも好きになっていただけますか？」

そう提案した時の王女の驚《おどろ》いた顔と、真っ赤になりながらつんと横を向いて突《つ》きつけた返事のことは、今でもよく覚えている。

『できるものなら、やってみれば！』


リヒャルトとセシリアの兄妹《きょうだい》に出会って以来、何度となく考えた。

いつも一緒にいられるのに兄妹として接してはいけないのと、互《たが》いを大好きだと大声で言えるような仲良しなのに一緒にいられないのと。一体どちらが幸せでどちらが不幸なのだろう。

(まあ、リヒャルトは不幸なんて思ってないよなぁ。たぶん、セシリアさまも)

しかし自分は不幸だ。最愛の妹と一緒に暮らせないのは、たまらなく苦痛だ。

なので、欲しいものを全部傍に置いておこうと考えた結果、賭けを申し出ることにした。

家族団欒《だんらん》の邪魔《じゃま》ばかりしてきた祖母が亡《な》くなり、シアラン情勢にも動きが出始めた今が、仕《し》掛《か》ける最初で最後の好機だった。

「リヒャルト。ぼくのこと好きだよね」

官舎の部屋で待ちかまえ、彼が帰ってくるなりそう言うと、リヒャルトは扉《とびら》を開けた状態のまま困惑《こんわく》した顔で応《こた》えた。

「好きだけど……、その恰好《かっこう》は？」

長い付き合いの親友は、この頃ではちょっとやそっとのことでは驚いてくれないが、さすがに女装しての出迎《でむか》えには面食《めんく》らったらしい。フレッドはその反応に大いに満足した。

「じゃあ、ぼくと同じ顔の女の子が現れたら、惚《ほ》れちゃうよね？　こんな感じの――」

立ち上がってくるりと回る。ドレスの裾《すそ》がふわりと舞《ま》い、長い付け毛が踊《おど》った。どこから見ても絶世の美少女のはずなのに、しかしいまいち反応が鈍《にぶ》い。

「いや、俺は別にきみの顔が好きなわけじゃないから……」

「またぁ。きみっていつもそうやって素っ気ないんだから。きみに袖《そで》にされた女の子を慰《なぐさ》めるのに、ぼくが毎晩ルーヴェルンでどんなに苦労してるかわかってるの？　毎日二日酔《ふつかよ》いだわ信《しん》奉者《ぼう》は増えるわ恋文《こいぶみ》もらいまくりだわで、大変なんだから。悪いと思ってるんなら埋《う》め合わせをしてほしいな」

リヒャルトは少し笑い、気を取り直したように扉を閉めて向き直る。

「わかったよ。何をすればいい？」

「賭けをしよう」

「いいよ。どんな賭けだ」

いつもの穏《おだ》やかな表情に戻った彼に、フレッドは軽く指を立てて宣言した。

「ぼくが必ず勝つ賭けさ」

世界で一番好きな妹。
かけがえのない親友。
その親友のことが大好きな、王女殿下の貴重な笑顔《えがお》も。
必ずすべて手に入れる。この時はそう信じて疑わなかった。

第一章　危機一髪な幕開け

シアラン公国北部に位置する都市、ソールデューズ。その郊外《こうがい》に広がる田園地帯と明るい森を抜けたところに、目指す城館はあった。

ヒースに誘拐《ゆうかい》されてから丸一日。ようやく行く手に見えてきたそれを、ミレーユは馬車の窓にへばりつくようにして眺《なが》めていた。思ったより大きなそれは、館《やかた》というより城に近い。門の鉄柵《てっさく》は固く閉じられ、その向こうには兵士らしき男たちの姿がある。

「ここが、ヒースの雇《やと》い主って人のお屋敷《やしき》なの？」

「いや。別のお偉《えら》いさんの持ち家だ。普段《ふだん》はあんまり使ってないらしいから、目立たないようにここを借りたとか言ってたが……」

同じように眺めながら、ヒースは怪訝《けげん》そうに言葉を切る。

「そのわりに、人が多いのね」

「用心して護衛を引き連れてきたのかもな。ここいらは最近ちょっと騒々《そうぞう》しいんだ。アルテマリスからの花嫁《はなよめ》行列を迎えるために、シアランの都から使節団が来る。このあたりのお偉いさんはその使節団のために館を提供したりしなきゃいけねーから」

偽《にせ》の花嫁を乗せた花嫁行列がアルテマリスを出発したということは既《すで》に聞いていた。「腕《うで》の立つ女騎士あたりが身代わりになってるんだろう」とはヒースの言である。

聖誕祭の夜、ヒースはジークにシアラン大公との縁談《えんだん》をひそかにもちかけ、その後まもなく様々な事情を鑑《かん》みて受けると内密に決まった。ただ本当にミレーユを送りこむかどうかは決まっておらず、国王との間でしばらく話し合いがもたれたという。

「感謝しろよ。俺が王太子に話を持っていったから、おまえもエセルバート殿下も一応は無事なんだ。もし国王に直接話してたら、たぶんふたりとも容赦《ようしゃ》なく言うことを聞かせられて……特におまえは、あんな生ぬるい軟禁《なんきん》じゃなく確実に捕《と》らわれてたと思うぞ。王太子が取り仕切って国王を取りなしたから、エセルバート殿下も自分の言い分を押し通せたんだ」

まるでジークが功労者のような言い方に、ミレーユは眉根《まゆね》を寄せる。これでは国王のほうが悪人のようだ。ミレーユの知る限り、国王は温厚《おんこう》で寛大《かんだい》な人のように見えた。あのフレッドを、好き勝手しているのを知りながら重用しているのだから、そうも思いたくなる。

「つまりジークは、表向きはリヒャルトにもフレッドにも知らんぷりして悪巧《わるだく》みしてたんでしょ。それでリヒャルトは追い詰《つ》められて、国に帰ることになっちゃったんじゃないの」

つい声が刺々《とげとげ》しくなる。ヒースはそんなミレーユをなだめるふうでもなく、馬車が停《と》まったのに気づいて降りる支度《したく》を始めた。

「そりゃそうだが、けど自分で首を絞《し》めてるようなもんだ。シアランのためを思うなら、私心は捨てて条件を呑《の》まなきゃいけない立場なんだからな。アルテマリスの姫《ひめ》と結婚《けっこん》するつもりで本人も周りもずっと準備してきたろうに、土壇場《どたんば》で断ったんだから国王もびっくりしただろう。ま、それを咎《とが》めずにそのまま行かせたのは、たぶん何か思惑《おもわく》があるんだろうが」

「……リヒャルトは、あたし以外の王族の姫だったら、話を受けてたってことよね」

「まあな。名前が挙がってた姫もいたみたいだ。それは普通《ふつう》に受けるつもりだったと思うぜ」

もし、最初からそういう話だったなら。彼は危険な道を選ぶことなく、大国の援助《えんじょ》を受けて国へ戻《もど》れたのに。——そう思うと、自然と握《にぎ》る拳《こぶし》に力が入る。

リヒャルトが自分の知らない人と結婚することより、彼が危険にさらされるほうが嫌《いや》だ。でも彼がそちらの道を選択《せんたく》した原因は自分なのだから、アルテマリスの援助が受けられないぶん自分が助けにならなければ。

そう決心し、促《うなが》されて馬車を降りる。ふと引っかかっていたことを思い出して訊《き》いてみた。

「身代わりの花嫁になった人、あたしの代わりに大公と結婚しちゃうの？」

「ただの時間稼《かせ》ぎだろ。その前にエセルバート殿下《でんか》がギルフォードを追い落としゃいいんだ」

「……そう」

自分が家出したせいで気の毒な目に遭《あ》うのかと気になっていたが、それを聞いて少しほっとする。帽子《ぼうし》を被《かぶ》って先を行くヒースの後を、ミレーユは自分に気合いを入れて追いかけた。

物々しい雰囲気《ふんいき》に包まれた城館に入ると、ふたりは人目を忍《しの》んで奥へ向かった。

外には兵士たちが散らばり、あちこちで談笑《だんしょう》している。彼らの目を避《さ》けながらたどり着いた部屋には誰《だれ》の姿もなかった。

「閣下はまだ来てないか。――しかし、あの兵士どもは気になるな」

少し厳しい顔つきになってヒースがつぶやく。部屋の中を見回していたミレーユはその声に振《ふ》り返った。

「何が？」

「いや……多すぎると思ってな。外から見たらわからなかったが、中にこれだけ兵士がいるってのは……。閣下らしくない」

「ヒースの雇い主って、どんな人なの？　あんまり大勢で行動しないような感じ？」

事前に情報を仕入れておこうと思って訊《たず》ねると、ヒースは軽く眉根を寄せた。

「どんなって――一言じゃ言い表せねえな。何考えてんのかわかんねえし。人当たりはいいんだよ、いつもにこにこしてて。ただ、不気味なところがあるんだよなぁ」

「若い人？　それともおじさん？」

「歳は俺よりちょっと上かな。見た目は俺より若いけど。童顔なの気にしてんだよなー。確か大公と同じくらいの歳だったっけな」

「えっ……大公ってそんなに若いの!?　もっと歳行ってると思ってた！」

「エセルバート殿下の兄貴なんだぞ。まだ三十路《みそじ》手前だよ」

言われてみればそうだった。祖父の夫人だった人を妻にしていると聞いたから勝手に中年の男を想像していたが、仮にもリヒャルトの兄なのだからそうそう歳は離《はな》れていないだろう。

「しっかしあの人、おまえを人質《ひとじち》にして何するつもりなんだろうな。大公には見つかるなとか言ってたけど、お坊《ぼっ》ちゃまにも知られるなって言うし」

難しい顔でぶつぶつ言うヒースを、ミレーユは不思議に思って見上げた。

「なんでそんな信用できない人と手を組んだのよ」

「だから、大人の世界はいろいろあんだよ」

「……ヒース。まだあたしに隠《かく》してることあるんじゃない？」

じろっとにらむと、彼は笑ってミレーユの頭を軽くたたいた。

「後でまとめて話してやる。余計なこと知っても危ないだけだ」

「危なくていいから教えて。リヒャルトに関係のあることなら何でもいいから知りたいのよ」

するとヒースは笑うのをやめ、真面目《まじめ》な顔になった。

「おまえ、リヒャルトリヒャルトって、そのことしか頭にないみたいだが。わかってんのか？どっちにしろあいつとはもう、今までみたいにつきあえないんだぞ。うまくいけば大公に即位《そくい》するし、失敗すればとっ捕《つか》まって殺される。それでも追いかけていくってのか？」

「縁起《えんぎ》の悪いこと言わないでよ！　だからうまくいくように助けにいくんじゃないの」

「大公になったら、おまえとは別の世界の人間になるんだ。もう会えなくなるんだぞ」

念を押すようなヒースの言葉に、ミレーユは怯《ひる》んだ。住む世界が違《ちが》う——それはリヒャルトが何度か口にした言葉と同じだ。以前と違い、今のミレーユにはなぜかそれをはね返すことができなかった。

「また会えるって、言ってたわ」

じっと床《ゆか》を見つめて言い返すのを見て、ヒースはため息をつく。

「……罪な男だな」

踵《きびす》を返した彼は、ここから動くなよと言い残して部屋を出て行った。

ひとりになったミレーユは、マントのフードをかぶったまま窓辺へ行った。

見えるのは裏庭の景色だろうか。兵士らしき若者が数人ずつ固まってあちらこちらを行き来している。それらを眺めながらふとため息をついた。

(ルーディはリヒャルトに会えたかしら……)

もし耳飾《みみかざ》りをルーディに預けていたら。ローベリーの街で彼がリヒャルトに会えていたら、渡《わた》してもらえたのに。それが少し悔《く》やまれたが、しかし自分の手でリヒャルトに直接返したいという思いも強い。

彼とふたりで話をしたのが、もう遠い昔のように思える。たった二日前のことなのに、随分《ずいぶん》会っていないような気がした。

(なんであのとき寝《ね》ちゃったんだろう……)

つくづく悔やまれるのはそのことだ。

もっと話したいことがたくさんあったし、もっと顔を見ていたかった。手をつないで、一緒《いっしょ》にいるのだということを実感していたかった。耳飾りを返すことも、自分との結婚話を受けるよう説得することも、もちろん両方大事なことだが、でも本当はただ会いたかったから追いかけてきただけなのかもしれない。少し頭が冷えた今ではそう思える。

森の中で会ったときには、様々な感情がごちゃまぜになってこみ上げてきて、どんな顔をしていいかわからなかった。つい可愛《かわい》くない態度をとってしまい、おかげでその後もぎくしゃくしっぱなし。挙げ句の果てには変な夢までみる始末だ。

(なんて夢を見ちゃったんだろ……。近頃《ちかごろ》ちょっと、我ながら妄想《もうそう》が激しすぎるわね)

あの朝は彼がいなくなったことで頭がいっぱいだったが、あらためて思い出すと自然と顔が熱くなってくる。寝室《しんしつ》に運んでくれたリヒャルトを引き留めたとき、振り向いて微笑《ほほえ》んだ彼は、戻ってきて傍《そば》までくると、そっと顔を寄せて――。

(……って、なに思い出してんのよー!! あれはただの夢でしょうが!)

恥《は》ずかしさに耐《た》えきれず、ミレーユは窓枠《まどわく》をばんばんと叩《たた》いた。

現実にありえないからこそ夢に見てしまったのだろうが、それにしても最近の自分はおかしい。きっとリヒャルトがシアランへ帰ってしまうことがショック過ぎて頭が故障してしまったに違いない。熱い頬《ほお》を手で冷やしながら、ミレーユは自分にそう言い聞かせた。

(落ち着いて、これからのことを考えなきゃ。あたふたしてる場合じゃないわよ。リヒャルトはこれから大変なんだから、あたしもしっかり情報収集しないと……)

そうして息を整えていたら、ふと視線を感じた。

外を見ると、兵士たちが行き交《か》う中、ひとりだけ立ち止まってこちらを見ている者がいる。

三十を少し過ぎたくらいの年頃《としごろ》だろうか。周りの兵士らより幾分《いくぶん》立派な身なりをしているところを見ると、それなりに地位のある者のようだ。

おかしいのは、彼が顔面蒼白《そうはく》でこちらを凝視《ぎょうし》していることだった。浮《う》かんでいるのは驚愕《きょうがく》の表情だ。まるで、幽霊《ゆうれい》でも見たかのような――。

(あの人、あたしを見てる……?)

何か自分の恰好《かっこう》におかしなところがあったかと見下ろしてみて、まだマントのフードをかぶったままだったことに気づく。この恰好で窓辺に立っているのを目撃《もくげき》したら、さぞかし不気味だろう。それこそ本当に幽霊だと思われたのかもしれない。

慌《あわ》てて窓辺を離れ、中に戻って長椅子《ながいす》に腰《こし》をおろすとミレーユは腕《うで》を組んだ。

(ヒースの雇《やと》い主って人はどっちの味方なんだろう。なんであたしを誘拐《ゆうかい》させたのかしら)

リヒャルトの敵か、それとも味方か。自分にそれが見極《みきわ》められるだろうか。

そうやってしばらく考え込んでいたら、部屋の扉《とびら》が開く音が聞こえた。

見ると、男がひとり入ってくるところだった。ひょっとしてこの人がヒースの雇い主だろうかと思いミレーユは立ち上がったが、そこで異変に気づいた。

よろめくように近づいてくる男は、つい先程《さきほど》、窓の外にいたあの男だった。顔色は青ざめ、恐怖《きょうふ》に近い表情を浮かべてミレーユを凝視している。

(何、この人……?)

気味が悪くなって思わず後退《あとずさ》ったとき、彼がうわごとのようにつぶやいた。

「サラ……」

(──え?)

思いがけない呼びかけに、一瞬《いっしゅん》思考が固まる。目が尋常《じんじょう》でない色を宿しているとわかったときには、もう相手はすぐ目の前まできていた。

「サラ……死んだはずなのに、どうして……!」

「は……? あの、何言って……」

「死んだはずだ、あの時……。なのに、なぜここにいるっ!」

わけのわからないことを言いながら、男は突然《とつぜん》つかみかかってきた。避《よ》ける間もなく男の両手が首に巻き付き、勢いよく床に押し倒《たお》される。

「亡霊《ぼうれい》め!」

「やっ……!」

間近にある血走った目をミレーユは信じられない思いで見た。恐《おそ》ろしいほどの力で絞《し》められ、叫《さけ》ぼうとした声が途切《とぎ》れる。ぐっと息が詰《つ》まり、頭に血が上った。

(殺される……? なんで……!?)

必死の抵抗《ていこう》もむなしく、締《し》めつける力は増すばかりだ。頭の奥がしびれるようになり、気が遠くなっていく。

とうとう意識を手放しそうになったとき、不意に首にかかっていた力が緩《ゆる》んだ。じんじんとした痛みと焼け付くような熱さが喉《のど》を襲《おそ》い、朦朧《もうろう》としていると、激しく肩《かた》をゆさぶられた。

「ミレーユさま、ミレーユさま！　大丈夫《だいじょうぶ》ですか⁉」

あえぐように息をつぎ、くらくらする頭を押さえ、ミレーユは何とか目線を上へ向けた。丸い眼鏡《めがね》をかけた若い女性が心配そうにのぞきこみ、背中をさすってくれている。

「もう大丈夫です、悪者は退治いたしましたわ。ご安心ください」

激しく咳《せ》き込むと、胸が悲鳴をあげた。しばらく背中をさすってもらいながら、じっとうずくまっていたミレーユは、なんとかまともに呼吸ができるようになってから口を開いた。

「あなたは……？」

「あ、わたくしですか？　通りすがりのメイドでございます」

にっこりと笑って答えた彼女は、ミレーユより少し年上だろうか。栗色《くりいろ》の髪《かみ》に大人しそうで優《やさ》しげな顔立ち。眼鏡の向こうの瞳《ひとみ》はくすんだ緑色だ。

彼女の背後には砕《くだ》け散った陶器《とうき》の破片《はへん》が散らばり、先程までミレーユの首を絞めていた男が倒れている。よほどの力で殴《なぐ》られたのだろう、ぴくりとも動かなかった。

「死んだの？　その人……」

散らばっている破片は、部屋にかざってあった壺《つぼ》だろうか。ひとりでは抱《かか》えるのが危《あや》ういくらいの立派なものだったと思いだし、おそるおそる訊《たず》ねると、彼女はハッと鼻を鳴らした。

「頭を殴ったくらいでは、助平《すけべい》な男は死んだりしませんのよ。まったく、か弱き女子を手籠《てご》めにしようなどという不届き者は、これを機に不能にでもなればよろしいのですわ」

憤然《ふんぜん》と言い捨てる彼女は、どうやらこの男がミレーユに別の意味で襲いかかっていたと思っているらしい。ミレーユは真顔で男を見下ろした。

（違うわ、そうじゃない。だってこの人、あたしを『サラ』って呼んだ……）

向けられたのは明らかに殺意だった。まだ喉元《のどもと》がしびれていることからもそれは明らかだ。

サラという名を口にし、死んだはずだと繰《く》り返していた男。もしかしたら、ミレーユを見間違えたのだろうか。七年前に殺されたサラ・ウォルターと。

（どういうこと……？）

肖像画を見る限り自分と似ているとは思わなかったし、リヒャルトも「似ていない」と言っていたが、本当はジークが言ったように、サラ当人を知っている者から見れば似ているのかもしれない。そうすると、ミレーユを襲ったこの男はサラと面識のある者――それも、彼女の死について何か知っているとは考えられないか。でなければ先程の行為に理由がつかない。

「ああ、いけない。のんびりしている暇《ひま》はありませんわ。ミレーユさま、すぐにここを出てくださいませ。お手伝いいたしますから」

考え込んでいたミレーユは、彼女の言葉に我に返った。

「え……、どうして？」

「ここにいらしては危険だからです。まさかミレーユさまがこんな場所にいらっしゃるなんて、わたくし、本当にびっくりしましたのよ。きっと悪者に騙《だま》されて連れてこられたのですわね。お可哀相《かわいそう》に」

「あの、ちょっと待って」

同情したように眉《まゆ》をひそめる彼女に、ミレーユは今更《いまさら》のようにぎくりとした。

「ねえ、どうしてあたしの名前を知ってるの？　あなた、本当は何者……？」

あまりにも自然に連呼されているので流してしまっていたが、よくよく考えてみれば奇妙《きみょう》だ。相手はなぜか親しげな態度だがミレーユはとんと彼女の顔に見覚えがない。第一ここはシアラン国内なのに、ミレーユを見知っている者がいるのはおかしい。

警戒《けいかい》の目で見つめると、彼女はどこか嬉《うれ》しそうな顔になった。

「あらあら。わたくしのことをあやしい女だと思ってらっしゃるのですね。ウフフ……」

「いや、ウフフじゃなくて」

「そうですわね、このまま『絶体絶命の窮地《きゅうち》を救い、風のように去っていく謎《なぞ》の女』と思われるのも楽しゅうございますが、それではミレーユさまも不安でいらっしゃいますわね。ではこっそり申し上げますが……」

彼女は楽しげに顔を寄せ、小声で続けた。

「わたくしはあなたのお兄様――フレデリックさまのお友達でございます」

「フレッドの……？」

「はい。言うなれば、そう……、観察日記仲間とでも申しましょうか」

フレッドの女友達などそれこそ星の数ほどいるだろうから、いちいち顔を知っているわけではない。だがこのノリは、確かに兄と共通するものがあるような気がする。

（じゃあ、味方ってこと？　いや、でも、嘘《うそ》ついてるって可能性もあるわけだし……）

危ないところを助けてくれたとはいえ、初対面の人物にこちらの素姓《すじょう》を知られているらしいのはやはり引っかかる。見知らぬ異国で自分ひとりなのだから、慎重《しんちょう》になったほうがいい。

「あなたがフレッドの友達だっていう証拠《しょうこ》はあるの？」

探《さぐ》るように訊ねると、彼女は少し思案するように首をかしげた。

「証拠になるかどうかはわかりませんが、ミレーユさまのことなら何でも存じ上げていますわ。フレデリックさまに観察日記を見せていただきましたから」

「……本当？」

「はい。確かミレーユさまは、十三歳になるまでフレデリックさまとご一緒《いっしょ》の寝台《しんだい》でお眠《ねむ》りになっていらしたのでしたわね。実家に帰るたび毎晩寝室に連れ込まれていたと、自慢《じまん》なさってましたわ。普段《ふだん》はお元気だけれど寂《さび》しがり屋さんなのですね」

「ちょっ……、何でそれ知ってるの⁉」

一緒に暮らしていた家族しか知らないはずだ。よその家の兄妹《きょうだい》事情を知って慌ててやめた恥《は》ずかしい過去だから、誰《だれ》にも話していない。

「あと、お胸が控《ひか》えめなのを気にしてらして、フレデリックさまに大亀《おおがめ》の甲羅《こうら》と毎晩添《そ》い寝《ね》すると効くと教えられて、一週間試《ため》したものの効果がなく……」

「いや――――――っっ！　もういい、わかったから、もうやめてぇ‼」

さらなる消し去りたい過去を持ち出され、ミレーユは引きつりながら叫んだ。フレッドが「貧乳の特効薬だから」と持ち帰った大亀の甲羅。実はまったくそんな効果はなく、騙されて同じ寝台で添い寝していた一週間もの間、毎晩フレッドに観察されていたと後《のち》にわかって怒《いか》り爆発《ばくはつ》したことは、まだ記憶《きおく》に新しい。

恥ずかしさに引きつるミレーユを微笑《ほほえ》ましそうに眺《なが》めていた彼女は、ふと表情をあらためて続けた。

「ウォルター伯爵《はくしゃく》は、ここにはいらっしゃいませんわ。現在滞在《たいざい》しているのはゴードン卿《きょう》……大公の側近中の側近です。彼が急遽《きゅうきょ》こちらへ来ることになったため、ウォルター伯爵はここを出られたようですわ」

「ウォルター伯爵って？」

まるでその人に会いに来たような言い方をされ、怪訝《けげん》に思って聞き返すと、彼女は驚《おどろ》いたように口を押さえた。

「まあ……。ひょっとしてミレーユさまは、ここに連れてこられた目的を聞いていらっしゃらないのですか？」

「目的っていうか、あたしを攫《さら》った人が雇《やと》い主に会わせてくれるって言うからついてきたの。いろいろ調べたいことがあって……。つまりそのウォルター伯爵って人が雇い主ってこと？」

「そのようですわね。わたくしはウォルター伯爵がこの城館へ入るらしいと聞いて、様子をうかがいにきたのですが……。ここを落ち合う場所にしていたようですけれど、ゴードン卿が来るとわかったので、場所を変更《へんこう》することにしたのでしょう。報《しら》せと行き違いになったのかもしれません」

事情に詳《くわ》しそうな彼女に、ミレーユは思わず身を乗り出した。

「そのウォルター伯爵って人は今どこにいるの？ あたし、どうしても話を聞いてみたいの」

「それはわかりませんわ。あちらも隠密《おんみつ》に行動されているようですし」

「ここで待ってれば、戻《もど》ってこないかしら」

「ここにいらしても、何も情報はつかめませんわ。それどころか危険なだけです。現に先程《さきほど》も襲《おそ》われていらっしゃいますし」

その言葉に、ミレーユは床《ゆか》に転がった男を見やった。喉《のど》にからみつく指の感触《かんしょく》を思い出し、ぞくっと悪寒《おかん》が走る。

「とにかく今はお逃《に》げください。ゴードン卿はミレーユさまのお顔を知っていますし、もし見つかったらすぐに宮殿《きゅうでん》へ連れて行かれます」

彼女の表情が深刻になるのを見て、ミレーユも神妙《しんみょう》な顔になった。

「あなたはもしかして、フレッドと一緒に何か調べてたりするの？ その……、シアラン大公家絡《がら》みのことで」

どうしてもリヒャルトの名は出せず、限りなくぼかして訊ねてみると、彼女はにこりと笑《え》みを返してきた。その笑顔に肯定《こうてい》の意を感じて、ミレーユも心を決める。おそらく彼女たちが仕事をする上で、ミレーユがここにいては不都合があるのだろう。それに、手がかりになる人がいないのにここにいても仕方がない。

「わかったわ、とりあえずここを出る。でも、連れがいるの。黙《だま》っていなくなったら気にすると思うから……」

「まあ。ミレーユさまったら、誘拐犯《ゆうかい》のことまで気遣《きづか》わなくてもよろしいのに」

「いえ、そうじゃなくて。大事な手がかりだから、連絡《れんらく》がつかなくなるとあたしが困るの」

慌《あわ》てて付け足すと、彼女は心得たようにうなずいた。

「では、わたくしから伝言しておきますわ。さ、急いでお召し替《めか》えをいたしましょう」

ふたりは足早に部屋を出た。角をひとつ曲がったところにある小部屋に入ると、男物の服を渡される。良家の子息あたりが普段着《ふだんぎ》にでも着ていそうな服だ。

「そのお召し物にその御髪《おぐし》では、シアランではちょっと目立ってしまいますから」

シルフレイアに借りた服は動きやすい地味なものだったが、まぎれもなく女物の服だ。短い髪《かみ》はフードで隠《かく》しているものの、やはりちぐはぐな印象があるのだろう。それはわかっていたのでミレーユは素直《すなお》に着替《きが》えをした。

「ミレーユさま、よろしいですか。シアランでは女性の短髪《たんぱつ》はある種の禁忌《きんき》となっております。もし、短髪のミレーユさまが女性だとばれてしまったら、何をされるかわかりません。お気を付けなさいませ」

あらたまった顔で言った彼女にミレーユも神妙な顔でうなずく。ここまで案じてくれているのだから、彼女はやはり敵ではないと見ていいだろう。

身支度《みじたく》を終えると、ふたりはひそかに部屋を出て、城館の地下へと向かった。

下へ降りるにつれ絶え間ない水音が響《ひび》き、ひんやりとした空気が濃《こ》くなる。物資搬入《はんにゅう》用の水路なのだと彼女は説明した。外の水路とつながっており、辿《たど》っていけば誰にも見られずに外へ出られるのだという。小さな手こぎ船が通れそうな幅《はば》の水路は、両側に煉瓦《れんが》をしきつめたごく細い道があった。船着き場には明かりがあるが、その先は真っ暗だ。

「城館を出てしばらく行ったところにわたくしの知り合いがおりますから、彼を頼《たよ》ってくださいませ。連絡しておきますわ」

てきぱきと話を進めてランプを渡《わた》す彼女を、ミレーユはあらためて見つめた。

「どうもありがとう……。あの、あなたの名前は？」

ふと、彼女の名前をまだ聞いていなかったことに気づく。彼女のほうもそれに気づいたのか、楽しげに微笑んだ。

「わたくしはアンジェリカと申します。またいつかお会いいたしましょう、ミレーユさま」


水路の流れは穏《おだ》やかだったが、時折かかる飛沫《しぶき》のせいか煉瓦の通路はところどころ凍《こお》りかけてつるつるしている。滑《すべ》らないよう気をつけながら、ランプで足下《あしもと》を照らして進んだ。

あたりは真っ暗闇《くらやみ》だ。自分の持つ明かりだけでは頼りない。ざあざあと水の流れる音がやけに反射して響き、行く手が見えないせいもあって急に心細くなってきた。

（寒い……）

地下だからだろうか、やけに冷え込んでいて、背中がぞくぞくする。厚手のマントを羽織っているのに震《ふる》えが止まらない。暗さもあいまって余計なことを考えてしまいそうになる。

(なんか明るいことを考えよう。——そうだ、さっきアンジェリカさんが言ってた、ウォルター伯爵だっけ……。サラさんと姓《せい》が同じってことは、関係のある人なのかな。家族とか？)

もしそうであったと仮定すると、彼がヒースを雇ってミレーユを誘拐させたのはなぜなのか。リヒャルトにも大公にも内密に誘拐を企《くわだ》てたらしいが、それもまた謎《なぞ》だ。

(今回は会えなかったけど、やっぱりいつか顔を見て話をしてみたいわ。もしサラさんの家族なら、リヒャルトとも知り合いってことだし。——ん？　だったらリヒャルトに内緒《ないしょ》であたしを攫わせたのはどうして？　味方じゃないのかしら)

味方か敵かわからない。

ここは、皆《みな》が守ってくれて安全だったアルテマリスとは違《ちが》う。自分でしっかり考えて、慎重《しんちょう》に行動しなければならない。うっかり者の自分にできるだろうかと、ちらりと不安がよぎる。

(けど、ここまで来たんだから、何だってやるわよ……！)

ぐっと拳《こぶし》を握《にぎ》りしめ、つぶやいた時だった。

突然《とつぜん》、足下が傾《かし》いで身体《からだ》が泳いだ。どうやら煉瓦が外れて傾《かたむ》いているところがあったらしい。ひやりとしたものが背中を伝う。まさかと顔が引きつるが、一度滑った足を咄嗟《とっさ》に立て直すことができなかった。

「うわ、え、うそっ、きゃああ————————っっ!!」

騒々《そうぞう》しく悲鳴をあげながら水路に突《つ》っ込む。派手に水しぶきがあがり、想像以上の冷たさが全身を包んだ。マントが水を吸って重くなり、たちまち手足から自由が奪《うば》われていく。

(冗談《じょうだん》じゃないわ、こんなところで溺《おぼ》れるわけには……)

必死にもがけばもがくほど、身体が重く沈《しず》み、ゆるやかな流れに引きずられる。水路は意外なほど深さがあり、足が底につかないのだ。

(やだ……まだ何もしてないのに……!)

リヒャルトを助けたいからと、約束を破ってまでここへ来たのに。こんなところで死んでしまうのだろうか?

(冷たい――……)

人ってこんなに簡単に溺れてしまうものなのか。そんなことをぼんやり思いながら、ミレーユは目を閉じる。

そのまま意識を失うのに、そう時間はかからなかった。

第二章　潜入捜査開始！

「ねえ、フェリックス。今から家出をするの。またつきあってちょうだいね」

無邪気《むじゃき》な要求に、返事はない。それでも少女は気にせず、お気に入りの恋愛《れんあい》小説や日記帳をまとめ始めた。

「お兄様ったら、わたくしにアルテマリスへ行けとおっしゃるのよ。わかる？　お嫁《よめ》に行けと言われたの。驚《おどろ》くでしょう？」

「……」

「どんな気持ちだったと思う？　こんなに嬉《うれ》しいことってないと思ったわ！　ねえ、おまえもついてきてちょうだいね。他《ほか》の方と結婚《けっこん》しても、わたくしの傍《そば》にいてくれるでしょう？」

「……」

「それでね、お兄様もアルテマリスの姫《ひめ》君とご結婚されるのだけど、その姫君がもうすぐシアランへいらっしゃるの。ぜひともお会いしないといけないわ。だって、お気の毒じゃない？　お兄様ったら、全然まったく、王子様という感じがしないのだもの。金髪《きんぱつ》でもないし」

「……」

「だからわたくし、姫君にそれを申し上げて、帰っていただこうと思うの。そしてわたくしも一緒《いっしょ》にアルテマリスへ行って、王子様のお嫁さんになるのよ」

ひとりでうきうきしながら語る少女に、相変わらずどこからも返事は返ってこなかった。彼女は笑顔《えがお》で支度をしていたが、無視されていることに気づいてむっと振《ふ》り向いた。

「フェリックスったら、聞いているの？」

「……」

責められたフェリックスは、聞く耳もたずという態《てい》でのんびりと部屋を出て行く。少女はそれをふくれっ面《つら》で見送ったが、ふと思いついてつぶやいた。

「そうだわ。姫君にお会いするなら、お土産《みやげ》が必要よね。何を差し上げたら喜んでいただけるかしら……」

唇《くちびる》に指を当て、彼女は視線をめぐらせる。窓の向こうに蒼《あお》い湖を抱《いだ》くようにして広がる宮殿《きゅうでん》の建物をひとつひとつ眺《なが》め――やがてある場所で目を留める。

公国の至宝が集められた宝物殿《ほうもつでん》。その青い屋根を見つめ、彼女はにっこりと微笑《ほほえ》んだ。

部屋へ戻《もど》ったヒースは、扉《とびら》を開けるなり一瞬息を呑《の》んだ。

男がひとり床《ゆか》に倒《たお》れている。その周囲には陶器《とうき》の破片《はへん》が散らばり、横倒《よこだお》しになった長椅子《ながいす》の傍にミレーユがしゃがみこんでいた。明らかに何か起こったのだ。

「ミレーユ、どうした⁉」

急いで扉を閉めて駆《か》け寄ると、男の顔をのぞきこんでいたミレーユがびくりと肩《かた》を震わせた。ヒースはその傍に膝《ひざ》をつき、男の顔を見やる。

「こいつは……ゴードンの腹心の……」

つぶやきにミレーユがわずかに身じろぎする。その肩が小さく震えているのに気づき、ヒースは驚いて顔をのぞきこんだ。

「おまえ、泣いてんのか」

「……」

「ひとりにして悪かった。怖《こわ》い思いしたんだな。もう大丈夫《だいじょうぶ》だ」

うつむいたまま、ミレーユはくるりと向き直る。そのまま胸に飛び込むようにして抱きついてきたので、不意をつかれたヒースは後ろに尻餅《しりもち》をついた。

「お、おい……」

ほとんど体当たりのような勢いでなおも力をこめて押し倒され、仰向《あおむ》けに床に転がる。のしかかるようにひしっと抱きつかれ、ヒースは面食《めんく》らった。

「もう泣くなって。すぐにここを出るぞ。大公の側近がいる。俺の雇《やと》い主は入れ違《ちが》いに出ていったらしい」

なだめるように言うと、ますますきつく抱きついてきた。彼女らしくもない大胆《だいたん》な行《おこな》いだ。

おそらく無意識なのだろうが、やわらかい重みを感じて年甲斐《としがい》もなく少し動揺《どうよう》してしまう。

「こら、少し落ち着け。こんなとこおまえの母さんに見られたら、俺はぶち殺されるだろ」

いつになくしおらしい態度にたじろぎつつ、震える肩に手をかけようとしたときだった。

「──心配しなくていいよ。ママがやる前にぼくがきみをぶちのめすから」

不意に口を開き、ミレーユが身体を起こす。馬乗りになった彼女を見上げたヒースは、突き出された鈍《にぶ》い光に気づいて目を丸くした。

目が合ったミレーユは、凍《こご》えるような冷笑《れいしょう》を浮《う》かべている。見たこともない表情だ。

「やあ久しぶりランスロット君。こんなところで会うなんて奇遇《きぐう》だね」

ヒースはあんぐりと口を開け、やがて驚愕《きょうがく》のあまり声をうわずらせた。

「おまえ……、兄貴のほうか！」

うっかりちょっとときめいてしまった彼がショックを受けているのにもかまわず、ミレーユのふりをしたフレッドは空いた片手をうやうやしく胸に当てる。

「神様感謝します。今日は人生で七番目に幸福な日だ。妹の頬《ほお》を汚《けが》した男に、ようやくこの手で罰《ばつ》を与《あた》えることができるのだから」

感無量といった様子でお祈《いの》りを済ませ、フレッドは笑顔でヒースを再び見下ろした。

「会えて嬉しいよ。きみにはずっと会いたくて仕方なかったんだ」

「いや、嬉しいって態度じゃねえだろ、これ……」

喉元《のどもと》に突きつけられているナイフを認め、ヒースは頬を引きつらせる。そんな苦情をフレッ

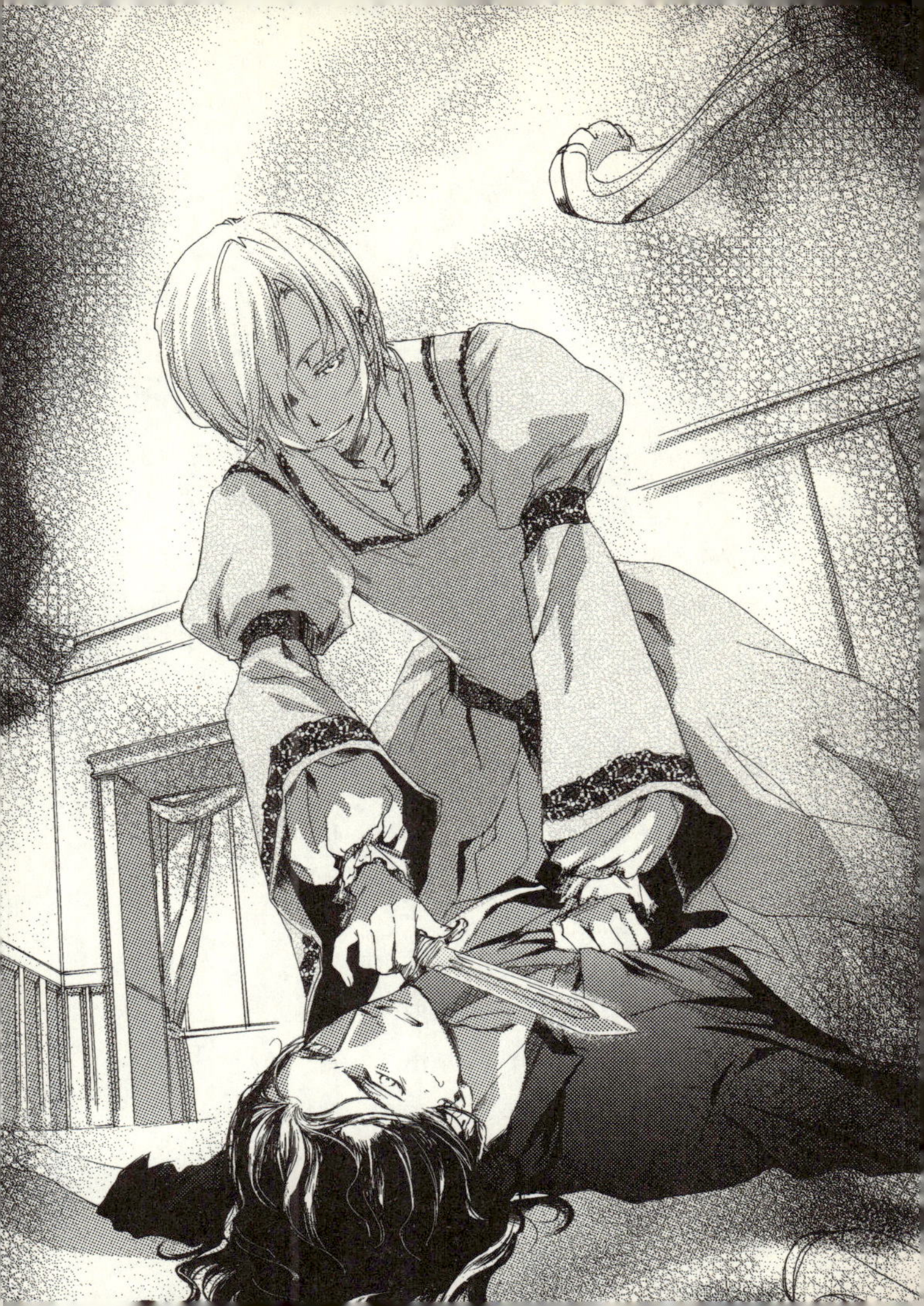

ドはまるきり無視した。

「きみがあの腹黒伯爵《はくしゃく》に飼われていたとは知らなかったよ。シアラン神殿《しんでん》の中級神官、ヒースクリフ・シャーウッド卿《きょう》。そんな立派な人が、なぜうちの妹を誘拐《ゆうかい》なんかしたんだい？」

「……知ってんだろ、名前まで調べてんなら」

皮肉げに鼻を鳴らすヒースを、じっとフレッドは見つめる。

「異能力者が集まる神殿の神官において、きみの能力はその瞳《ひとみ》に宿っているそうだね。人々を惑《まど》わす不思議な力……。とても興味があるよ。ぼくはそういう話が大好きなんだ。たとえば、そう。きみの力は一体どこから来てどこに潜《ひそ》んでいるのか。その灰紫《はいむらさき》の瞳を取り出してしまえば、力もなくなってしまうのかどうか……」

フレッドがナイフを握《にぎ》り直すのを見て、さすがにヒースは顔を強《こわ》ばらせた。

「おまえ……、正気か!?」

「おっと、動かないほうがいいよ。ぼくは刃物《はもの》の扱《あつか》いが下手《へた》なんだ。学院時代も剣術《けんじゅつ》が苦手で落第しそうになったくらいだしね。いつ手元が狂《くる》ってグサリといっちゃうかわからない」

「おい――」

「あれ、おかしいな。右手が言うことをきかない。――そうか、抹殺《まっさつ》目録三位の標的に出会えて嬉しいんだね」

笑顔で自分の右手に話しかけながら、ピタピタと頬をナイフの刃身で叩《たた》く彼に、ヒースはぐったりとしてため息をつく。

「勘弁《かんべん》してくださいよ、伯爵様……」

彼が心からいたぶる行為《こうい》を楽しんでいるのが痛いほど伝わってくる。隙《すき》あらば躊躇《ためら》いなくナイフを活用するであろう殺気も感じる。恐《おそ》ろしいやつに捕《つか》まってしまったと、ヒースは冷や汗《あせ》をかいた。目を見て催眠《さいみん》能力をかければ少なくともこの体勢からは脱出《だっしゅつ》できるだろうが、それより先にあのナイフが喉《のど》を切り裂《さ》くだろう。力を使わず素手《すで》で勝負を挑《いど》んだとしても、それは同じに違いない。

(なんでこんなガキ相手に圧《お》されなきゃならねーんだ……)

色仕掛《いろじか》けに引っかかった自分を呪《のろ》うヒースをよそに、フレッドはのんびりと本題に入った。

「きみの目的は知ってるさ。〈星〉を取り戻したいんだろ?」

ヒースは内心ぎくりとして目線をあげた。

「きみたち神官は、能力を使って人間を攻撃《こうげき》することができない。なぜならそれは戒律違反《かいりついはん》だから。やればたちまち自分の命も奪《うば》われる。だからきみたちは清く正しく、世のため人のためだけにその力を使っているわけだ。神様の使徒っていうか、まあ態《てい》の良い使いっ走りだよね」

「……馬鹿《ばか》にしてんのか?」

「まさか。同情してるのさ。そんなに真面目《まじめ》でいい人ぞろいの神官の皆《みな》さんが、たったひとつの石のために命を握りつぶされそうになっているなんて悲しいことだ。盗賊稼業《とうぞくかぎょう》と兼業《けんぎょう》してるような罰《ばち》あたりな人のことはどうでもいいけど」

ふう、と息をつき、ヒースは頭の後ろに両腕《りょううで》を回して枕代《まくら》わりにする。今更《いまさら》何をごまかせるわけでもないようだ。

「どうしろってんだよ」

「ぼくに忠誠を誓《ちか》うというなら、その〈星〉を取り戻《もど》してあげるよ」

さらりと条件を持ちかけるフレッドを、胡乱《うろん》げに見上げる。

「取り戻せるっつう確証でもあんのか？」

「あるね。ぼくに出来ないことはこの世にひとつも存在しない。宮殿に忍《しの》び込んだときに見たことがあるんだ。そんな大事なものだと思わなかったからそのまま帰ってきちゃったけど」

その自信はどこからくるのか。うさんくさく思いながらも、ヒースは素早《すばや》く計算する。欲しいのは〈星〉だけだ。あれさえ手に入れば——いや在処《ありか》さえわかれば自分が取り戻してみせる。

「ウォルター伯爵と手を切れって？」

「別に切らなくていい。ぼくの使いっ走りとして情報を探《さぐ》ってきてくれればいいだけさ。あとは、そうだね。ミレーユがどこかに攫《さら》われたとでも言っておいてくれる？　無事だと知ったらまたちょっかいかけようとしてくるだろうから。なにしろ腹黒いからね、あの人」

おまえが言うなと思ったが、確かに否定できない。内心同意しながらヒースは腕枕を解く。

「本物はどこだ、無事なのか？」

「それはきみは知らなくていいよ。今度あの子に手を出そうとしたら——」

鈍い色が空を切って振《ふ》り下ろされる。それはヒースの耳のすぐ横をかすめて床に突《つ》き立った。

「……本当に手元が狂っちゃうから。わかったかい？」

「……」

（なんつう恐ろしいガキだ……）

真冬だというのにこめかみを汗が流れた。思わず彼の母親の教育方法を疑ってしまう。

「アンジェリカ。創作活動はそれくらいにして、手伝ってくれないかな？」

フレッドの呼びかけに、背後ではっと息を呑《の》む音がした。

「ああっ、申し訳ございません！　大の男が可憐《かれん》な女装少年に馬乗りにされていじめられているという状況《じょうきょう》にときめいてしまって……。ぜひとも次回の作品に使わせていただきますわ」

嬉《うれ》しそうに言いながらやってきたのは、眼鏡《めがね》をかけた栗色《くりいろ》の髪《かみ》の若い女だ。何かを書き付けていた帳面をそそくさと懐《ふところ》にしまい、代わりに細長い布を取り出してにこりと笑う。

「では失礼して、目隠《めかく》しをさせていただきますわね」

「なんでだよ」

「きみを信用してないからだよ」

あっさり言ってフレッドはナイフを床から引き抜《ぬ》く。ヒースは呆《あき》れてそれを見上げた。

「いつもこんなふうに仕事してんのか？　母さんに怒《おこ》られるぞ」

「まさか。いつもはすこぶる紳士《しんし》的なんだけど、妹に手を出そうとした男が相手だったから少し張り切り過ぎちゃっただけさ」

「あんなガキに本気で手ぇ出すわけねえだろ……、ごめんなさい俺が悪うございました」

ナイフを素早く持ち替《か》えるのを見て即座《そくざ》にヒースは謝った。

「きみ、うちのママのことを狙《ねら》ってミレーユを手懐《てなず》けようとしてたみたいだけど……。うちにはもうパパがいるから、新しいパパはいらないよ。諦《あきら》めてくれ」

「別に狙ってねえよ。そりゃただの噂《うわさ》だ。ミレーユも誤解していたみたいだが、いくら違うっつっても信用してくれないんだよな」

ぼやきついでに、俺だっておまえのようなでかくて恐ろしい息子はいらん、と内心つぶやき、観念して嘆息《たんそく》する。

「——伯爵様。その女装、あんたのご趣味《しゅみ》じゃねえんだろ？　まさかとは思うが……」

「他言無用だ。大公殿下《でんか》をびっくりさせたいんでね」

「じゃあ、アルテマリスから来た花嫁《はなよめ》行列には誰《だれ》が乗ってるんだ？」

「誰も。……しいて言うなら、家出志望の少年がひとり、かな？」

ひらりと指を立て、フレッドはまぶしい笑顔《えがお》で答えを返した。


シアランへ入ったリヒャルトは、とある貴族の別荘《べっそう》にひそかに落ち着いていた。

国内にも旧王太子派はいるとはいえ、大公の権勢下では表立って動ける者は少ない。土壇場《どたんば》で翻意《ほんい》されては困るため、見極《みきわ》めるまではこちらの存在を知られるわけにはいかなかった。

とは言え、気の置けない配下というものはもちろんいる。王太子時代の近衛騎士《きし》たちだ。

若かった彼らも確実に歳を重ねている。子どもだった自分が大人になったのだからそれも当然だ。帰還《きかん》した自分を前に大の大人が男泣きにむせぶのを見て、それだけの年月を経《へ》ても待ち続けてくれた者たちに報《むく》いなければとあらためて決意したのは、つい三日前のことである。

彼らを見ていると、アルテマリスでの生活を共にした気の良い同僚《どうりょう》たちのことが思い出された。だがそんな感傷にいつまでも浸《ひた》っていられないくらいには、日々は忙《いそが》しい。

「――若君、よろしいでしょうか」

背後で聞こえた硬《かた》い声に、リヒャルトは振り向いた。立っていたのはルドヴィックだ。乳母《うば》の息子である彼は、国内に潜伏《せんぷく》して反大公派のつながりを広げていた功労者でもあった。

いつもいかめしい顔の彼だが、それに増して表情が渋《しぶ》い。早速《さっそく》何か問題が起きたらしい。

「ウォルター伯爵《はくしゃく》から連絡《れんらく》がありました。若君に大切なお話があるとおっしゃっています」

「伯爵が……？」

「もちろん、この館《やかた》のことはご存じないので別のところでお待ちになっていますが」

ルドヴィックの声は素っ気なかったが、同時に緊張《きんちょう》もはらんでいた。かつて王太子の側近だったウォルター伯爵は、その王太子が追放された後、ギルフォード大公の側近となっている。彼の妹の死にまつわる経緯《けいい》を知っている者は、伯爵が王太子への恨《うら》みゆえに寝返《ねがえ》ったと考えていた。つまり、この館に集《つど》う者たちにとって彼は裏切り者なのだ。

旧臣との密会から戻《もど》ったばかりのリヒャルトは、脱《ぬ》ごうとしていたマントを再び羽織った。

「会おう。どちらにおられる？」

「若君！　いけません、もし罠《わな》だったら……！」

「あの人は俺自身に危害を加えることはしない。それに訊《き》きたいことが山ほどある」

声の厳しさが伝わったのか、ルドヴィックはそれ以上反対しなかった。

「――では、腕《うで》の立つ者を供につけましょう。もちろん私もご一緒《いっしょ》します。もしあちらが若君を傷つけるようであれば、斬《き》り捨てるよう命じます。よろしいですね」

念を押すように言い、返事も聞かずに彼は続ける。

「それから若君。以前アルテマリスにうかがった時も申し上げましたが、言葉遣《ことばづか》いが乱れておられます。ご自分のことを『俺』などと称《しょう》されるとは、王太子ともあろう御方《おかた》の言いようではございません」

「わかったよ。――私、だな」

子どもの頃《ころ》から変わらぬ口うるささに軽く苦笑《くしょう》し、リヒャルトは彼と一緒に部屋を出た。


ウォルター伯爵が滞在《たいざい》していたのは、街中にあるごく普通《ふつう》の宿屋だった。いくらか小綺麗《こぎれい》だとは言え、大貴族が宿として取るようなところではない。かなり急場しのぎの滞在らしい。

「お帰りなさいませ、リヒト様。お待ちしておりました」

出迎《でむか》えた伯爵は、アルテマリスの王宮で会った時と少しも変わらぬ微笑《びしょう》をたたえていた。母がつけてくれた幼名で呼ぶところも昔と変わらない。

「あれからすぐにアルテマリスを出ましてね。とある別荘で休んでいたのですが、何やら急に騒《さわ》がしくなったので出てきてしまいました。このような場所にお招きしたこと、どうかお許しください」

取り次ぎの従者もいない部屋は静まりかえっている。向かい合うふたりと隅《すみ》に控《ひか》えたルドヴィックがいるのみだ。時間が惜《お》しく、リヒャルトは彼をじっと見つめたまま本題に入った。

「――王宮に現れた偽者《にせもの》の公女の事件をご存じですね」

いきなりの質問にも、ウォルター伯爵が動揺《どうよう》する様子はなかった。

「ええ。マリルーシャ公女殿下《でんか》を名乗ったという、娼婦《しょうふ》の話でしょう。存じていますよ」

「その公女を盗《ぬす》むよう、ランスロットに命じたのは、あなたですか？」

伯爵は一瞬《いっしゅん》リヒャルトを見つめ、笑みをこぼしてうなずいた。

「失礼、少し驚きました。公女殿下へ刺客《しかく》を差し向けたのかと訊かれると思いましたので……。仰《おお》せの通り、ランスロットを行かせたのは私ですよ。それが何か？」

「なぜそんなことをしたのか、その理由が知りたい。偽者でも本物でも構わない、『マリルーシャ公女』が欲しいとランスロットに言ったそうですね」

「それはもちろん、あなたのためですよ」

ゆったりと答えを返され、リヒャルトは眉根《まゆね》を寄せた。

「俺のため？」

「もし本物であるのなら、悪者に害されないうちに保護しなければならないでしょう？　あなたは表向きは公女と無関係の方ですから、保護しようにも支障が出るのではと思いましてね。また逆に偽者であるのなら、これは間違《まちが》いなくあなたに害をなすために現れたもの、すなわち敵ですから取り除かねばならない。おそらく大公殿下は偽公女の顔まではご存じなかったでしょうから、捕《と》らえた偽者を本物だと言って引き渡《わた》してもよかったのですがね。そうすれば『マリルーシャ公女』は大公殿下の手によって確実に殺され、この世から消える。新たな刺客を送る必要も、刺客に怯《おび》える必要もなくなって、殿下もあなたもご安心なさったでしょうに」

「……」

彼の言うことは一応筋が通っている。忠実な臣下のような答えだ。だが大公はセシリアがマリルーシャであると気づいているからこそ刺客を送ってきたというのに、まるで知らないような口ぶりが白々しく、リヒャルトは苛立《いらだ》ちがこみ上げるのを抑《おさ》えきれなかった。それを進言したのはあなたなのかと訊《たず》ねることができないのを、彼はわかっているのだ。

「――マリーは七年前に死んだ」

抑えた声で言うと、伯爵は少しの間黙《だま》り込み、やがて伏《ふ》し目がちに口を開いた。

「そうですね。私の妹も、あの冬に死んだ。年が明ければ、あれからもう八年です。あなたは立派に成人されて国へ戻っていらっしゃいましたが、サラは十六のまま永遠に歳を取らない」

「だからミレーユのことをギルフォードに進言したんですか？　そうすれば俺が苦しむと？」

伯爵はいつもの笑みをまた浮《う》かべて首を傾《かし》げた。

「なぜ私があなたを苦しめなければならないのです？　誤解していらっしゃいますよ。私は昔も今もあなたの味方だというのに」

「では、なぜ」

「もちろん、あなたにシアランへ戻っていただくためです。あなたは王太子としての責務をお忘れではなかったと思いますが、アルテマリスでの生活が長くなり、多少なりとも揺《ゆ》れていらしたはず。あちらには大切な王女殿下も、ご親戚《しんせき》一同もおられますからね。そしてついには特別な女性まで現れてしまった。しかもアルテマリス王家の血縁《けつえん》の令嬢《れいじょう》……」

リヒャルトは厳しい表情になった。何に対しても深く関心を持たないよう、執着《しゅうちゃく》しないよう過ごしてきた中で、弱点といえば妹のことかミレーユのことしかない。そこを突《つ》かれたのだ。

「あなたが仕組まずとも、俺はシアランのことを忘れたことはありません」

「そうでしょうか？　あなたのご親友は、あの手この手であなたを引き留めておられたでしょう。あなたのためにシアラン情勢を調べていながら、一方ではあなたの心を揺さぶるために実の妹まで利用して——。ひどい方ですね。それであなたがどんなに苦しまれたことか」

「彼を悪く言うのはやめていただきたい。そうまでして引き留めてくれる人がいたことを、俺は嬉《うれ》しく思っています。それに、彼女を利用したというならあなた😊だってそうだ」

毅然《きぜん》として遮《さえぎ》るのを、伯爵は一瞬見つめ、ゆっくりと口を開いた。

「シアランのため、あなたのためなら、私は何でもやります」

まるで「あなたを苦しめるためなら」と言われたような気がした。彼自身には他意はないのかもしれない。しかし強烈《きょうれつ》な負い目を感じているせいで、どうしてもそうやって後ろめたい解《かい》釈《しゃく》をしてしまう。

「――しかし、困ったことになりました。大公殿下には身代わりの花嫁を迎《むか》えていただき、ミレーユ嬢《じょう》は私がお預かりしようと思っていたのですが……。途中《とちゅう》で行方《ゆくえ》がわからなくなったと、先程《さきほど》報告が入りまして」

それまで冷静を努めていたリヒャルトは、ぎくりとして目を見開いた。

「何……!?」

「とある場所にお連れして落ち合う予定だったのですが、少し行き違《ちが》いがありましてね。私が出た後で到着《とうちゃく》したようなのですが、そこでふつりと姿が見えなくなったと。城館にはゴードン卿《きょう》が滞在されているので、もしかしたらそちらに捕《つか》まったのやもしれません」

呆然《ぼうぜん》としてリヒャルトはしばし沈黙《ちんもく》した。言われたことの意味が咄嗟《とっさ》にわからなかった。

「……ミレーユはコンフィールド城からアルテマリスへ帰ったはずだ」

「ですから、あちらの城を出られたあとで、私の手の者がミレーユ嬢を拉致《らち》したのですよ」

笑みを浮かべ悪びれもせず付け加える伯爵の顔を、リヒャルトは凝視《ぎょうし》した。

「ミレーユ嬢を人質《ひとじち》にすれば、さすがにあなたも躍起《やっき》になられるでしょう。あなたはシアラン公国に必要な方です。アルテマリスに取られたくはない。あなたに言うことを聞いていただくためなら、ミレーユ嬢おひとりの存在など安いもの――」

「伯爵!」

怒《いか》りのあまりリヒャルトは青ざめて叫《さけ》んだ。

いくら帰還《きかん》すると口で言っても、伯爵は信用していないのだ。王太子がアルテマリスの言いなりになることを恐《おそ》れ、そのための人質をとることにしたのだろう。それともそれは建て前で、本当はギルフォードのもとへ個人的に連れていくつもりだったのか。そうすれば何より自分が苦しむと彼は知っているだろうから。

（アルテマリスまで送り届けるべきだった――）

今更《いまさら》そんな後悔《こうかい》が胸にこみあげてくる。わざわざ追いかけて会いにきてくれたのだから、責任をもってミレーユの身の安全を図《はか》るべきだったのだ。

ゴードンという名には覚えがある。七年前の事件でギルフォード側につき、今や彼の側近中の側近となっている男だ。万が一ミレーユが捕らわれたとして、無事に大公宮殿《きゅうでん》まで連行されるという保証はない。きっと大人しくはしていないだろうし、何かのはずみで危害を加えられることは充分《じゅうぶん》考えられる。

稲妻《いなずま》に照らされる白い顔がふいに脳裏《のうり》をよぎった。それがミレーユの顔と重なって、ぞっと背中を冷たいものが走る。

もし、同じような目に遭《あ》ったら。考えるだに恐ろしい想像が駆《か》けめぐる。

「――もし、ミレーユに何かあったら……」

激しいまなざしでリヒャルトは伯爵《はくしゃく》を見据《みす》えた。

「俺はあなたを絶対に許さない」

余裕《よゆう》の表情だった伯爵が、初めて虚《きょ》を衝《つ》かれたように目を見開く。そのまま黙りこんだ彼に背を向け、リヒャルトは足早に部屋を後にした。

　追ってきたルドヴィックに、出口へ向かって歩きながら前を向いたまま言い放つ。

「捜《さが》しにいく」

「いけません！」

　即座《そくざ》に却下《きゃっか》したルドヴィックは、リヒャルトが重ねて言おうとするのを制して続けた。

「捜索《そうさく》は私が手配します。すぐに人をやりましょう。若君にはご自分の使命がございます。本日もこれから会談が二件も――」

「ふざけるな。今はそんな場合じゃない」

「ふざけてなどおりませんぞ。冷静におなりください。若君は何のためにシアランへお戻《もど》りになったのか。よくお考えください」

　諫《いさ》める言葉はもっともなことだった。苛立ちをため息に逃《に》がして歯噛《はが》みするリヒャルトの肩《かた》に、ルドヴィックはそっと手をやる。

「あの令嬢なら、図太《ずぶと》……いえ運が良くていらっしゃるようですし、きっとご無事でしょう」

　リヒャルトは前髪《まえがみ》をかきあげ、額を抱《かか》えて嘆息《たんそく》した。そんなに楽観的になれるわけがない。

彼は思い詰《つ》めた目をしてその場に立ちつくした。


　ひとり残されたウォルター伯爵は、その場にたたずんでいた。

絶対に許さないと言い放った時のリヒャルトの目を思い返す。あんなふうに暗い瞳《ひとみ》で誰《だれ》かを見るような人ではなかった。少なくとも、シアランの王太子だった頃《ころ》の彼は。

積年の屈辱《くつじょく》と辛苦《しんく》が彼にあんな表情を与《あた》えたのだろうか。それともミレーユという少女が絡《から》んでいるせいなのか。どうやら予想以上に彼女の存在は彼の中で大きかったようだ。

伯爵は、その表情からすっかり笑《え》みを消し去り、じっと考え込んだ。


目を覚ました時、最初に見えたのは毛羽《けば》だった毛布だった。

暖かな空気、暖かな寝具《しんぐ》。人々のにぎわう声と薪《まき》のはぜる音がする。どこかの部屋の中で毛布にくるまっているのだと、まだはっきりしない頭でぼんやりと考えていると、傍《そば》で何かが動く気配がした。

「あ、気がついたのか？」

聞こえた若い男の声に驚《おどろ》いて見ると、自分と同年代くらいの年頃《としごろ》の少年がこちらをのぞきこんでいた。眼鏡《めがね》をかけたいかにも賢《かしこ》そうな顔立ちの彼は、濃紺《のうこん》の詰め襟《えり》の服を着ている。

「丸一日寝《ね》てたんだぞ。大分体温も戻ってきたようだから、そろそろ目を覚ますんじゃないかと思ってたんだけど」

「……」

ミレーユは徐々《じょじょ》に自分の身に起きたことを思い出してきた。ヒースに連れていかれた城館から逃げ出す折、足をすべらせて水路に転落したところまでは覚えている。そこから記憶《きおく》がないので、すぐに気を失ってしまったのだろう。そして、誰かが助けてくれた。——彼が？

「あ……」

口を開こうとして、激しく咳《せ》き込んだ。眼鏡の少年が急いで寄ってくる。

「起きられるか？　ロジオン、背中をさすってやれよ」

言われるまま起き上がろうと目線をあげたミレーユは、真上に男の顔があるのに気づいて仰天《ぎょうてん》した。生真面目《きまじめ》な顔で座っている彼の膝《ひざ》を、なぜか枕代《まくら》わりに寝ていたのだ。

「わぁ！」

思わず叫び、慌《あわ》てて起き上がる。

「な、なんで膝枕《ひざまくら》!?」

見知らぬ男と密着して熟睡《じゅくすい》していたことに動揺《どうよう》していると、男はおもむろに口を開いた。

「枕がないと眠《ねむ》れないと文句をつけられましたので、自分の膝を提供していただけです」

「文句？」

こくりと彼はうなずく。朦朧《もうろう》としながらもそんな注文をつけていた自分が恥《は》ずかしくなり、ミレーユは少し赤面した。

「ごめん……なさい……」

ロジオンという男は無言のままうなずいて身体《からだ》を退いた。短い黒髪《くろかみ》に、無表情の張り付いた顔。年齢《ねんれい》は二十代前半くらいだろうか。服は眼鏡の少年と同じものだ。

あらためて周囲を見てみれば、室内には他《ほか》にも数人の男性がいる。彼らの服装も皆《みな》同じだ。簡素な寝台《しんだい》が十ばかり並んだ部屋で、ミレーユは暖炉《だんろ》のそばにクッションや寝具を重ねた即席《そくせき》の寝床《ねどこ》に寝かされていたようだった。

(ずいぶん温かいと思ったら……。おかげで凍えずに済んだのね)

温《ぬく》もりにほっとして息をついたが、ふと自分の姿を見下ろし、一瞬《いっしゅん》置いて息を呑《の》む。

水路に落ちて凍えていたのを温めようとしてくれたのだろう、毛布でぐるぐる巻きにされている。が、それはいい。

問題なのは、自分が着ている服が見たこともないものであるということだ。城館から逃げ出した時はアンジェリカに借りた男物の服を着ていたはずだが、それとは明らかに違《ちが》う。つまり、誰かが濡《ぬ》れた服を着替《きが》えさせてくれたということになる。

「やっ……、だ、誰っ、ふ、服っ、あたしのっ」

動転して青くなったり赤くなったりするミレーユを、眼鏡の少年は不思議そうに眺《なが》めた。

「服？　濡れてたから干してるけど？　じゃなくて？——ああ、ロジオンだよ、着替えさせたの」

「!!」

ミレーユは目をむいてロジオンを凝視した。着替えさせたということはつまり着ていたものを脱《ぬ》がされたわけで、服を脱げば裸《はだか》になるわけで、つまりは彼に裸を見られたということになるわけで――。

頭の中がぐるぐる回り、今度こそ本当にお嫁《よめ》に行けないと真っ白になりかけた時だった。

「いえ、そうしようと思ったのですが、自分で出来るとおっしゃったのでそのまま部屋を出ました」

ロジオンが真顔のまま説明したので、ミレーユは我に返った。

「え……、自分で？　ほんとに？」

「はい。着替えを済まされたあと、また気を失われたようです」

嘘《うそ》を言っているようには見えなかった。どうやら乙女《おとめ》の意地が無意識に働いたらしいと、ミレーユはほっとして息をつく。しかし、すぐさままた青ざめた。

肌身《はだみ》離《はな》さず持っていたはずの青い小箱――耳飾《みみかざ》りの入ったあの箱が見当たらない。周囲を見回すが、影《かげ》も形もない。

「うそ……、やだ、どこっ？　あれがないと……！」

まさか水路に落ちた時にどこかへ流れてしまったのか。ここまで来てなくしてしまうなんて、リヒャルトに何と言って詫《わ》びればいいのかと真っ青になってうろたえていると、見ていたロジオンがおもむろに背後の机の引き出しから何か取り出してきた。

「これをお捜しですか」

そう言って彼が差し出したのは、まさしくミレーユが捜していたものだった。青い布張りの箱は湿《しめ》っていたが、中を開けると耳飾りは変わらずそこに眠っている。

「……よかった……」

安堵《あんど》のあまり涙《なみだ》が出てきて、ぎゅっと小箱を両手で握《にぎ》りしめた。

「大事なもの？」

眼鏡の少年に訊《き》かれ、こくりとうなずいた。リヒャルトの宝物がちゃんとここにある。なくさなくてよかったと、それだけで幸せな気持ちに包まれた。

遠くで沸《わ》き立つような歓声《かんせい》が聞こえ、はっと現実に戻される。安堵して少し頭が冷えたせいか、ようやく現状を把握《はあく》しようという余裕《よゆう》が出てきた。

「あの……、ここは、どこなんですか？」

「イルゼオンの離宮《りきゅう》だよ」

「イルゼオン……？　えと、あなたたちは？」

眼鏡の少年が、訝《いぶか》しげに眉《まゆ》をひそめた。

「この制服を知らないのか？」

「……知らない」

紫《むらさき》がかった濃紺の制服は、軍服だろうか。詰め襟で丈《たけ》は腰《こし》ほどまでしかなく、肩には金の飾り房《ふさ》がついている。そこから垂れ下がった銀の細い鎖《くさり》は優雅《ゆうが》な弧《こ》を描《えが》いて左胸のポケットにしまわれていた。胸の紋章《もんしょう》は獅子《しし》と百合《ゆり》の花だろうか。太いベルトとブーツもおそろいだ。

見たこともない服だったので正直に首を横に振《ふ》ると、彼は驚いたように目を見開いた。

「そんなはずないだろ。シアランにいて騎士《きし》団の制服を知らないなんて。……って、もしかして君……」

彼は困惑《こんわく》したようにミレーユを見つめたが、ミレーユのほうも戸惑《とまど》っていた。騎士団とは一体何のことだろうと思っていると、部屋でくつろいでいた他《ほか》の男たちが興味深そうにこちらへやってきた。どれも若いががっしりとした体格で、同じく濃紺の服に身を包んでいる。

「よく生き返ったなー、ぼうず。死ぬんじゃないかと思ったぜ」

「どうした、アレックス。こいつの身元、わかったのか？」

「いや、それが……」

アレックスと呼ばれた眼鏡の少年が躊躇《ためら》いがちにミレーユを見て、声をひそめる。

「どうやら彼、記憶喪失《きおくそうしつ》みたいなんだ」

（――――は？）

目をぱちくりさせるミレーユをよそに、男たちは驚いたように目を見交《みか》わした。

「ほんとかよ。自分のことも覚えてないのか？」

「だって、僕らのことを知らないって言うんだぜ。ありえないだろ、シアランにいて騎士団の制服に見覚えがないなんてさ。やけにぼんやりしてるし……。きっと川を流された時に頭を打ったか、何かのショックで記憶をなくしてるんじゃないかな」

熱っぽく語るアレックスに、ミレーユは嫌《いや》な予感を覚えながら訊《たず》ねた。

「あのぅ……騎士団って……？」

「だから、シアラン騎士団だよ。大公殿下《でんか》直属シアラン騎士団の第五師団だ。本当にわからないのか？」

「…………」

青ざめるミレーユを見て、アレックスは同情したような顔でぽんと肩《かた》をたたいた。

「やっぱり覚えてないんだな、気の毒に。――団長に報告したほうがいいよな」

周囲の男たちと相談を始めた彼の言葉に、返事もできずにミレーユは黙《だま》りこくっていた。信じられない思いで今言われたことを反芻《はんすう》する。

（大公直属の騎士団？　それって、つまり……敵のど真ん中にいるってこと………⁉）

温まっていたはずの身体から急に血の気が引いた気がした。水路沿いに城館の外へ出てアンジェリカの知人と落ち合うはずだったのに、どうしてこんなことになっているのだろう。

（まずいわ……あたしのことが大公に知れたらどうなる？　きっと今すぐ結婚《けっこん》しろって迫《せま》られるだろうし、それじゃ大公とアルテマリスの政略結婚が成立しちゃう。それじゃリヒャルトはどうなるのよ！　しかも騎士団なんて、男ばっかりのところじゃない。あ、危ないわ！）

隙《すき》を見て逃《に》げ出そう。しかしイルゼオンの離宮とは一体どこなのか。逃げ出したとしてどこへ行けばいいのか。

挙動不審《ふしん》に陥《おちい》るミレーユをよそに、アレックスたちはなおも話し込んでいる。

「副長たちが言ってたじゃん、服装からしてどこかのお坊《ぼっ》ちゃまなんじゃねえの？」

「近隣《きんりん》の別荘《べっそう》や屋敷《やしき》に使いを出したけど、行方《ゆくえ》知れずになってる息子《むすこ》なんていなかったらしい。もっと遠くから来たのかもしれない」

「なんかやばい事情があるんじゃないのかぁ？　記憶喪失っていうくらいだしよー」

「だから、騎士団で匿《かくま》ってやればいいだろ。何か事情があるなら、なおのこと追い出せないだろ」

ミレーユははたと瞬《また》いた。耳に流れ込んでくる彼らの会話を解釈《かいしゃく》するに、自分が女だと気づかれていないらしい。あたりまえのように男として扱《あつか》われている。

（そうか、この髪《かみ》のせいで……）

シアランでは短髪《たんぱつ》の女性はありえないのだと、これまで何度も聞かされた。だから髪の短いミレーユは女か男かなどの疑惑《ぎわく》すら持たれず、最初から男だと思われているようだ。しかもシアランの内情を知らなかったせいで、勝手に記憶喪失だと勘違《かんちが》いされている。

（てことは、あたしさえ気をつけてれば、女だってばれないってことよね。大公のところにミレーユとして連れていかれることも、たぶんないわ。――ていうか、大公直属の騎士団ってことは、うまくやれば敵方の情報を探《さぐ》れるってことじゃ……）

胸が騒《さわ》ぎ出す。危ない賭《か》けだという気はする。だがこれは裏を返せば、とてつもない好機なのではないだろうか。

「――じゃあ僕、とりあえず団長に報告してくるよ」

眼鏡《めがね》をくいっとあげてアレックスが立ち上がる。ミレーユは思わずそれを呼び止めた。

「あの、ちょっといいかな」

視線が集まる中、ミレーユはごくりと喉《のど》を鳴らして続けた。

「お礼を言いたいし、話がしたいから……団長さんに取り次いでもらえますか」

案内された部屋で机に向かっていた男は、意外なほど若かった。

軍隊を任されているにしては少し細身すぎるような気もしたが、さすがに目つきは怜悧《れいり》で、薄《うす》い金髪《きんぱつ》のせいもあってかやや冷たそうにも見える。彼がこの騎士団の責任者、つまり団長なのだろうと思い、読んでいた書類から目をあげた彼に会釈した。

「……きみが、溺《おぼ》れた挙げ句記憶喪失になったという少年か？」

彼の灰色の瞳《ひとみ》に怪訝《けげん》そうな色が浮《う》かぶ。ミレーユはしっかりとそれを見つめ返した。

「はい。保護してくださって、ありがとうございます」

「……」

相手はなおもじっとこちらを観察するように見ている。しばし沈黙《ちんもく》が続いて、ミレーユの額に汗《あせ》が浮かんだ。

やはりあやしまれているのだろうか？　嘘をついているという後ろめたさから、ついつい怯《ひる》みそうになる。

だがここで退くわけにはいかない。これは願ってもない好機なのだ。

話を聞いたところによると、水路に落ちたミレーユはそのまま城館の外を流れるユノー川まで出てしまったところを発見されたようだ。彼らは任務のためイルゼオンの離宮に向かっている途中《とちゅう》で、ミレーユは師団長の指示によりそのまま離宮に運ばれたのだ。

真冬の川にぷかぷか浮いていただけでも尋常《じんじょう》ではないのに、ミレーユが上質の服を身につけていたせいで、どこぞの良家の息子が川遊びでもして足を滑《すべ》らせたのではと思われたらしい。近隣に使者を出して探ってみたが手がかりがなく、目覚めるのを待っていたという。

最初に発見してくれたというアレックスが、ミレーユの容態を案じるあまり記憶喪失だと勘違いしてくれたのは幸運だったかもしれない。彼がそのまま上官に報告したのに乗じ、それを利用することにした。

「何も覚えていなくて、行くところがないんです。お願いします、ここに置いてください！」

固い決意を胸にそう言うと、相手は表情を変えず、しばし沈黙してから答えた。

「それは、入団志願ということでいいのか？」

「はい」

「……」

反応が鈍《にぶ》い。せっかくの好機を逃《のが》してなるものかと、ミレーユは思わず一歩踏《ふ》み出した。

「ほんとに何でもやりますから。死ぬほどまずいらしい上に二度と作らないと自分に誓《ちか》いましたけど、どうしてもと言われれば毎朝パンも焼きます。あと、あまり得意じゃないですがビスケットも作れます。木刀さえ貸してもらったら先頭切って闘《たたか》いにも行きます。ですから、ここから追い出さないでください、お願いします！」

思いつくだけ自分の利点を必死に訴《うった》えるミレーユに、彼は冷静な目をして訊ねた。

「名前は？」

「ミ……、ミシェルです」

咄嗟《とっさ》に適当な名前を出す。まさか本名を名乗れるわけもない。ミレーユというのは完全に女性の名だから、男しかいない騎士団に入団志願するのに使えるわけがない。

そう、ここは男の園《その》。女がいてはいけない場所。それをまず頭に置いておかねばならない。

「――ミシェル。きみの熱意は伝わったが、それは残念ながら私の一存では決められない」

素っ気ない答えに、ミレーユはなんとか食い下がろうと口を開きかけた。だが彼は構わず立ち上がり、そのままこちらへ歩いてくるとミレーユの傍《そば》を通り過ぎて、扉《とびら》を開けた。

「とりあえず他《ほか》の者に紹介《しょうかい》しよう。皆《みな》も心配していたから。ついてきなさい」

さっさと出ていくのを見てミレーユは一瞬呆気《いっしゅんあっけ》にとられたが、急いで彼のあとを追った。


イルゼオンの離宮《りきゅう》の西に位置する宿舎は、三階建ての石造りの建物だった。日はとっぷり暮れて、夕食も終わったこの時間、隊士たちの私室がある二階へあがると、途端《とたん》にあちこちから騒々《そうぞう》しい声が響《ひび》いてくる。ミレーユが寝《ね》かされていたのもこのうちの一室だったはずだが、寝ぼけていたせいかその時は気にならなかった騒音が、今は耳に痛いほどだ。どれも野太い男たちの歓声《かんせい》やどよめきばかりである。

団長が手前の扉を開けると、一気に喧噪《けんそう》が大きくなった。中をのぞき見たミレーユは、酒瓶《さかびん》片手の赤ら顔の男たちの集団を目撃《もくげき》し、うっと息を詰《つ》まらせる。

(む……むさ苦しい……！)

思わず顔を引きつらせてしまうが、団長は中を確認《かくにん》するとすぐに扉を閉めた。隣《となり》の部屋の扉も同じように開けただけですぐ閉める。どうやら誰《だれ》かを捜《さが》しているらしかった。

何をしているのだろうとミレーユが怪訝に思ったときだった。

「うぉぉぉい、イゼルスぅ～」

どこからか間延びした声がした。

見ると、男がひとりふらふらと歩いてくる。手には酒瓶をつかみ、目はとろんとしていて、明らかに酔《よ》っぱらいだ。

彼は千鳥足で突進《とっしん》してくると、抱《だ》きつくようにして団長の肩《かた》に片手を回した。

「まだ仕事してんのかぁ～、もうとっくに宴会《えんかい》は始まってるんだぞぉ。ぎゃははははは」

じろり、と底冷えのするような冷たい目で団長は男を見る。他人事《ひとごと》ながらミレーユもごくりと喉を鳴らした。

(こ、この人、いくら酔っぱらってるからって、偉《えら》い人にその態度はまずいんじゃ……)

即刻《そっこく》クビにされるか、もしかしたらこの場で罰《ばつ》を受けるかもしれない。固唾《かたず》を呑《の》んで見守っていると、団長はふと小さく嘆息《たんそく》した。

「飲酒はほどほどにしてください。明日も任務があるのですよ。団長」

「――――へっ⁉」

ミレーユは目をむいてふたりを見比べた。てっきり団長は目の前にいる金髪の彼だと思っていたのに――。

（この酔いどれが、師団長⁉）

あらためてまじまじと見てみるが、とてもそんな威厳《いげん》は感じられない。年齢《ねんれい》はイゼルスと呼ばれた金髪の彼と同じくらいの若さだし、焦《こ》げ茶の髪は寝癖《ねぐせ》がついたようにはね放題で、上級軍人らしさなどあったものではない。甘さのある顔立ちからしても、軍人というよりは遊び好きな青年貴族という感じだ。

団長は相変わらずのとろんとした目つきで、自分を凝視《ぎょうし》しているミレーユを見た。

「んー……？　誰だぁ、この少年は」

見かけん顔だな、と眉根《まゆね》を寄せる上官に、イゼルスが口をはさむ。

「先だって川で拾った少年ですよ」

「おお！　あの水死体か」

「幸いにも死体にならずに済んだようですが、ショックで記憶《きおく》を失ってしまったとか。行くところがないのでここに置いてくれと言っていますが、どうされますか」

あくまで事務的に告げられ、師団長は「ふむ……」と唸《うな》ってミレーユをじっと見つめた。呆《あっ》気《け》にとられていたミレーユも、その言葉にはっと我に返る。

「お願いします。ここで働かせてください！」

成り行きでこうなったとは言え、たまたま拾われたのがシアラン騎士《きし》団だったという幸運を逃したくない。言葉尻《ことばじり》にも自然、必死さが宿る。

師団長はなおもじぃっと見ていたが、ふいににっこりと笑った。

「よかろう。入団を許可する」

「えっ……、あ、ありがとうございます！」

意外なほどあっさりと受け入れられ、ミレーユは頬《ほお》を上気させる。と、肩に師団長の腕《うで》ががしりと回された。

「このジャック・ヴィレンス将軍のもとで、世界征服《せいふく》の野望のため身を粉にして働くのだぞ、少年！」

「はい！　……は？」

熱い激励《げきれい》に元気よく返事をしてしまったが、何か妙《みょう》な単語を聞いた気がしてきょとんとする。

団長は肩を組んだままミレーユを上機嫌《じょうきげん》で間近から眺《なが》め、ふっと片方の手を顎《あご》に当てた。

「俺は世界の覇者《はしゃ》になる男、ジャック・ヴィレンス。——なーんつってな！」

恰好付けて台詞《せりふ》を吐《は》いたあとで、ガハハと笑いながらミレーユの背中を叩《たた》く。せっかく見た目は貴公子然としているのに、行動や発言で台無しだ。

来た時と同じように千鳥足で去っていく彼を呆然《ぼうぜん》と見送るミレーユに、イゼルスが冷静な顔で解説する。

「気にしなくていい。ああいう人なんだ。酔うと『世界征服に行く』と言い出す癖《くせ》があってな」

心なしか、彼は遠い目になった。

「あれで来年三十なんだが……」

ふらふらと歩いていた団長が、くるりと振《ふ》り返る。じっとこちらを見つめた彼はすたすたとまた戻《もど》ってくると、再びミレーユの肩にがしりと腕を回した。

「なーにをやっとるかー。さあ、こっちへきたまえ。世界征服の尖兵《せんぺい》たる我が部下たちとともに飲み明かそうじゃあないか！」

「ええっ、あ、あの」

肩を組んだ状態でずるずると連行されながら、ミレーユは内心冷や汗《あせ》をかく。

（なんか、ただの酔っぱらいにしか見えないんだけど……、ほんとにこの人が騎士団の団長？ていうか、いいの？　騎士団長がこんな感じで……）

敵ながら心配になってくる。そんなところに潜入《せんにゅう》してもちゃんと情報が探《さぐ》れるのかと、一抹《いちまつ》の不安がよぎった。しかし、走り出してしまったことを今更《いまさら》迷っても仕方がない。

（世界征服とかなんとかよくわかんないけど、とりあえずとことん潜入捜査《そうさ》するわよ！）

酔っぱらいたちの宴《うたげ》に向かいながら、ミレーユは自分に気合いを入れ直した。


翌朝、団長室にて、ミレーユはあらためて師団長ジャック・ヴィレンスと向かい合うことになった。

「昨夜は楽しかったな、少年。なかなかいい飲みっぷりで、気に入ったぞ」

昨夜とは打って変わってさっぱりとした顔つきで笑う彼を、ミレーユは若干《じゃっかん》引きつった笑顔《えがお》で見返す。

「はあ……ありがとうございます」

昨日、酔っぱらった彼に連行されたのは、隊士たちの部屋だった。既に出来上がっていた彼らに囲まれ、酒盛りに朝方まで付き合わされたのだ。酒に弱いわけではないが、さすがに少し頭が重い。

「えーと、それで？　我が部隊に入りたいということだったか。物好きだなぁ、若いのに」

あっけらかんと言い放つジャックは、どうやら二日酔《ふつかよ》いとは無縁《むえん》の人種らしい。きちんと隊服を着込み、髪《かみ》もそれなりに整えた今は、ますます貴公子然として見えた。事前にイゼルスが聞き取った調書に目を落としながら、ふんふんとうなずいている。

「川で溺《おぼ》れて、以前のことを何も覚えていないとねぇ……。ふむ。難儀《なんぎ》だな」

「あの、お願いします。本当に行くところがないんです。ここに置いてください。なんでもやりますから！」

断られるわけにはいかない。せっかくの手がかりになりそうなものを逃《のが》してたまるかと、思わず身を乗り出す。

そんな気迫《きはく》が伝わったのか、ジャックは調書を見下ろしたまま一つ息をついた。

「ミシェルと言ったな」

「は、はい」

一拍《いっぱく》おいて、彼はにっこりと顔をあげた。

「何も覚えていないのに、名前は覚えているのか？」

もっともな質問に、一瞬怯《いっしゅんひる》んだ。しかし今更ごまかせるわけもない。あやしまれないよう、なるべく堂々とした態度で答える。

「名前だけはかろうじて覚えていましたけど、他《ほか》のことはわからないんです」

「……そうか」

うなずいて、彼は調書をめくる。

「剣《けん》は不得手なのか？」

ミレーユは返事に窮《きゅう》した。代わりにイゼルスが答える。

「持たせてみましたが、剣筋などあったものではありませんでした。触《さわ》ったこと自体あまりないようです」

「ふうん。ま、おまえがそう見たのならそうなんだろう。……弓と槍《やり》もか？」

さらにミレーユは言葉に詰《つ》まる。イゼルスが冷静な顔でまた答えた。

「使い方がわかっていない上に周囲に怪我人《けが》が出そうでした。扱《あつか》わせないほうがいいかと」

「………馬は？」

「乗れないことはないようですが、味方に向かって突《つ》っ込んでいくおそれがあるので、これもやめておいたほうが無難でしょう」

「………」

「一応念のために申し上げますと、大学などで高等教育を受けた様子もありませんし、記憶喪《きおくそう》失《しつ》というのならどちらにしろそちらの方面は期待できません。文官としても難しいのでは」

カサリと調書を置き、ジャックは呆《あき》れたようにミレーユを眺めた。

「つまり、何も騎士らしい基礎《きそ》ができないのか。それでよく入団志願なんてしてきたな」

返す言葉もなく、ミレーユはがくりとうなだれる。そうなのだ。あらためて考えてみると、騎士らしいことなど何一つできないのである。

朝早くにイゼルスから呼び出され、一通り武器を持たされたのだが、まず扱い方からわからない。何とかそれらしく振る舞《ま》ってみようと試みたが、剣を振り回すミレーユを見てイゼルスは呆気にとられたようだった。よほど騎士の剣筋からは程遠《ほどとお》かったのだろう。

馬に乗ってみろと言われて馬場に連れていかれたが、ひとりで乗ったことがないためうまく扱えず、ようやく騎乗《きじよう》したと思ったら馬を暴走させてしまい、彼の命を危険にさらす始末。

とどめは知能面だった。騎士団には書記官と呼ばれる文官がいる。軍の各種書類を保管・作成するのが主な仕事で、数種の古語を修得していたり大学で学んだ専門分野を持っていたりと頭脳派な面々がそろっているが、街の初等学校で読み書き計算と簡単な歴史を教わっただけのミレーユに務まるわけがない。

(こうして考えてみたら、あたしってほんとに何もできないじゃない。どうしよう、このまま

追い出されたら……！）

役立たず、という言葉がぐるぐると頭の中を回る。ここまできて、自分の無能さのために道が閉《と》ざされてしまうのだろうか。

春先にアルテマリスへ呼ばれてフレッドの身代わりをするようになって以来、『騎士』と呼ばれる人たちと嫌《いや》と言うほど接してきたのに、彼らの真似《まね》をすることさえ出来ないなんて。常識で考えれば、下町育ちの庶民《しょみん》に騎士《きし》の真似事が出来ずとも落ち込む必要はないだろう。それが当然のことだし、むしろ出来るほうが奇異《きい》だ。それでもミレーユは悔《くや》しかった。手がかりを掴《つか》めそうな場所にいるのに、自分のせいでその好機をふいにしてしまうのは。

ふたりが見つめる中、ぐっと拳《こぶし》を握《にぎ》って考える。

（へこんでたってしょうがないわ。出来ないなら出来ないなりに、何かやれることを考えなきゃ……）

とにかく大事なのは、ここに居続けることだ。そのためならどんなことでもやってやる。

「出来なかったことは、出来るようになるまで努力します。お役に立てるのなら、なんだってやります。ですから、とにかくここに置いてください。お願いします！」

頭は下げなかった。あふれ出す気合いを伝えたくて、ただ彼の目を見つめる。

じっと見つめ返してきたジャックが、にやりと不敵な笑みを浮《う》かべた。

「――いい面構《つらがま》えだ」

彼は手元にあったペンをとり、さらさらと紙にそれを走らせた。

「よかろう。ミシェル、おまえを我が第五師団の雑用係に任じる!」

揚々《ようよう》と発せられた言葉に、副長のイゼルスが呆れたような顔で上官を見る。対照的にミレーユは目を輝《かがや》かせた。

「ありがとうございます!」

「ただし、仮入団だ」

喜んで礼を言ったミレーユは、その言葉に戸惑《とまど》った。

「え……仮入団?」

「人手不足で困っているとは言え、使えない者を囲っておくほどの余裕《よゆう》はないんだ。入団試験に合格したら、正式に騎士として叙勲《じよくん》されるよう大公殿下《でんか》に推薦《すいせん》してやる」

「試験⁉」

思わず頓狂《とんきよう》な声をあげると、当然だと言わんばかりに軽く眉《まゆ》をあげてジャックはうなずいた。

「他の者も皆《みな》そうやって入ってきてるんだぞ。まあ、心配せずとも、記憶喪失の少年を真冬の空の下にいきなり放り出すようなことはせんよ。要は合格すればいいんだ」

黒い瞳《ひとみ》に人懐《ひとなつ》こそうな色を浮かべ、ジャックは爽《さわ》やかに笑う。対するミレーユは思いがけない展開に焦《あせ》っていた。

まさか入団するのに試験があるなんて考えてもみなかったのだ。だが現実的にみれば、それは当然のことなのだろう。これまで白百合《しらゆり》の騎士たちと付き合いはあったものの、騎士団の仕組みに関してはまったく何も知らないのだとあらためて気がつく。

(そりゃそうよね。そんなにうまく行くわけないわ。甘く見過ぎてたかしら)

入団さえすれば大公側の情報を探《さぐ》り放題だと考えていた。自分の世間知らずぶりが悔しい。

(けど、試験に合格すれば、大公に推薦してくれるって……。もしかしたら大公そのものに近づけるかもしれないじゃない。これってついてるわよ!)

となれば、何が何でも試験に合格してみせるしかないだろう。そう決心し、顔をあげる。

「わかりました、試験を受けます。でも、どんなことをすればいいんですか?」

気合いを入れつつ、探るように訊《たず》ねると、そんなミレーユを眺《なが》めていたジャックは微笑《ほほえ》んだ。

「そう緊張《きんちょう》せんでもよろしい。内容や日時は追って知らせる。それまでは見習いとして、あれこれ覚えることだ」

そう言って彼は何やら書き付けていた紙を差し出した。見てみたところ、時間が細かく区切られた予定表のようなものだ。

「我が第五師団は最近弛《たる》み気味でな。おまえは私直属の雑用係として、私の命じるままにそれを正していってほしいんだ」

「わかりました! お任せください」

ミレーユは張り切ってそれを受け取り、目を落とす。

「………あの、すみません質問が」

「どうした?」

「『夜八時　酒盛り』と書いてありますけど、これはどういう……?」

「酒盛りをするから付き合え、という意味だ」

「ま、毎日ですか？」

「当然」

そこが弛んでいるというのではないのか、とミレーユは思ったが、せっかく仮入団できて仕事ももらえたのだから、突っ込まずにおくことにした。

「ではあらためて。私はシアラン騎士団第五師団の師団長、ジャック・ヴィレンスだ。こっちの冷血そうな金髪《きんぱつ》はイゼルス・ハワード副長。指導官が決まるまで、おまえの監督《かんとく》は彼が務める。励《はげ》めよ」

「はいっ。よろしくお願いします！」

自分にもやれることがある。ここでリヒャルトのための情報を探ることができるのだ。そのことが嬉《うれ》しくて、ミレーユは胸を高鳴らせながらうなずいた。

ついでに気になっていたことを訊《き》いてみる。

「皆さんは任務のためにこの離宮《りきゅう》に来てるんですよね。一体どんな任務なんですか？」

イゼルスがちらりとジャックを見やる。視線を受けた団長は椅子《いす》にふんぞりかえるようにして答えた。

「掃除《そうじ》だよ。イルゼオンの」

「……掃除？」

「そう。近々ここで宴《うたげ》があるのでな、その下準備というわけだ。おまえは……そうか、記憶喪《きおくそう》失《しっ》なら知らないか。大公殿下がアルテマリスから花嫁《はなよめ》をお迎《むか》えになる。その花嫁の歓迎式典《かんげい》がここで行われるんだ」

ミレーユは内心どきりとした。自分の身代わりでやってくる花嫁の歓迎の宴がここで開かれる。その下準備をする人たちに拾われて自分もやってきたなんて、奇妙《きみょう》な縁《えん》だ。

「そうなんですか。騎士団って、掃除とかもするんですね」

驚《おどろ》いてしまったのを悟《さと》られまいと話を変えると、団長はどこか不思議な笑《え》みを浮かべた。

「楽しいぞぉ、掃除は。心が洗われる。うむ。私は掃除が大好きだ」

肘《ひじ》掛けに頬杖《ほおづえ》をつき、彼は楽しげにミレーユを見つめてそう繰《く》り返した。

隊士部屋が満杯《まんぱい》なため、ミレーユの寝床《ねどこ》は三階の物置に急遽《きゅうきょ》しつらえることとなった。簡素ながら寝台《しんだい》は置いてあるし、何よりひとり部屋というのが嬉しい。どんなに気をつけていたとしても、他《ほか》の隊士らと相部屋だったらいつか絶対にごまかせなくなる時がくるだろう。ひとりきり、部屋に落ち着いたミレーユはあらためてこれからのことを考えていた。

ここはアルテマリスではない。周りの皆が味方でいつも守ってくれていた場所ではないのだ。頼《たよ》れるのは自分だけ、すなわち自分の身は自分で守らなければならない。誰も守ってはくれないし、それどころか知り合いすらいない、まったくのひとりぼっちなのだ。そう思うと少し心細くもなったが、急いでそれを追い払《はら》う。

(とにかく、ここでは目立たないようになるべく大人しく過ごそう。あやしまれて追い出されちゃったらいけないし、それに女だってばれたらどうなるかわかんないし。気をつけなきゃ)

潜入捜査《せんにゅうそうさ》のために人目を引く行動は避《さ》けること。そして女である自分を捨てて男として生活すること。そのふたつをミレーユは自分の胸に刻みつけた。

(なるべく男の子っぽく振《ふ》る舞《ま》おう。自分のことも、俺とか言ったほうがいいわよね)

ごほんと咳払《せきばら》いし、とりあえず練習してみる。

「お……俺さぁ――」

にこやかに口にしてみたが、言い慣れない言い方に顔が引きつった。

(だめ……あたしにはできない……!　せ、せめて、『ぼく』くらいにしとこう)

自分の中の乙女《おとめ》な部分となんとか折り合いをつけ、ミレーユは青い小箱を見つめた。

アルテマリスにいた頃《ころ》、いつも傍《そば》で守ってくれた人は、ここにはいない。

それを思うときゅっと胸がつかまれたように痛んだ。だが今度は自分が彼を守るのだ。そのためにやってきたのだからと、痛みをやる気に変えて、ミレーユはひとまず眠《ねむ》ることにした。

雑用係の朝は早い。

その日もミレーユはまだ薄暗《うすぐら》いうちに目を覚ました。急いで服を着替《きが》え、髪《かみ》を整えて部屋を出る。

　まず向かったのは外にある井戸《いど》だ。広大なイルゼオンの離宮、そのうち西にある棟《むね》を借りている騎士《きし》団の、専用の井戸のひとつである。

　水を汲み上げて専用の盥《たらい》に移し、宿舎の中に戻《もど》って広間に置いて、また井戸へ向かう。それを二十回ほど繰り返すと、今度はバケツと棍棒《こんぼう》を持って上へ向かう。

　廊下《ろうか》の両側に並ぶ扉《とびら》。その前まで来ると、ミレーユは容赦《ようしゃ》なくバケツに棍棒をたたきつけた。

「起床《きしょう》────っ!!」

　叫《さけ》びながら扉を開け、ガンガンとバケツをたたく。突如《とつじょ》鳴り響《ひび》いたけたたましい騒音《そうおん》に、中で寝《ね》ていた隊士らが数人飛び起きた。

「な、なんだっ」

「だれだよ、うるせえな。何時だと思ってんだ」

　だらしなくシャツの前をはだけ、無精《ぶしょう》ひげを生やした男たちが、酒の残ったどんよりした目つきで恨《うら》めしそうにこちらを見る。

(朝からむさ苦しい……!)

　とミレーユは思ったが、もちろん口には出さず、今日も団長直属雑用係の任務を忠実に行う。

「おはようございます! 起きた方、まだ寝てる人を起こしてくださいね。下に水も用意してありますから」

「おまえ……、ミシェルって言ったっけ? なんでそんなに元気なの」

「とりあえず大音量でたたき起こせと、団長に言われてるんです」

「つうか、確か昨夜は一緒《いっしょ》に飲んでたよな。最後まで残ってたし」

「それで二日酔《ふつかよ》いナシかよ。あ〜、若さがまぶしいぜ」

「ほらほら、団長より遅《おそ》くに演習へ来た方は、演習場百周の刑《けい》ですよ！」

目をしょぼつかせながら気だるそうに身体《からだ》を起こす彼らを一喝《いっかつ》し、ミレーユは部屋を出た。

ごそごそと起きる気配を背後に感じながら、次の部屋へ向かう。

扉を開け、また「起床ーっ！」と叫びながら入っていくとやはり変わらず苦情が飛んでくる。

「おまえ朝から元気よすぎなんだよ！」

「あっ、すみません。仕事なので」

「いらねーよ、起床係なんて」

「俺の安眠《あんみん》を返せ！」

「団長命令です！」

往生際《おうじょうぎわ》の悪い先輩騎士《せんぱいきし》たちに、ミレーユは堂々と言い放った。わああ、という嘆《なげ》きが続く。

「あの若年寄り、自分が早起きだからって俺たちまで強制することないだろー！」

「しかもありえねえ酒豪《しゅごう》だし！　いつ寝てんだよ！　横暴だ！」

彼らの団長評に、ミレーユも内心こっそり同意する。毎晩遅くまで酒盛りをしているくせに団長のジャックは朝から元気はつらつで、朝食前の演習には誰より早く出陣《しゅつじん》し、誰もいない演習場で準備体操に余念がない。しかも自分より遅くに出てきた者は問答無用で演習場百周の刑き起こすという大事な使命があるのだ。


に処するのだ。たぶん彼は隊内で一番元気なのではないだろうか。

「冷たい水で顔を洗って、しっかり目を覚ましてください。団長はもう起きてましたよ！」

それだけ言い残し、次の部屋へ向かうべくミレーユはバケツを打ち鳴らしながら踵《きびす》を返した。彼らに同情はするが、いつまでも愚痴《ぐち》を聞いている暇《ひま》はない。自分には第五師団の全員をたたき起こすという大事な使命があるのだ。

起床係の任務を終えると、ミレーユは食堂へ向かった。

これから朝の演習に入る。その間に朝食の準備をするのだ。といっても隊には専属の料理番がついているので、ミレーユが食事を作るということはない。ただ、ミレーユと入れ替《か》わりにやめてしまったという配膳《はいぜん》係の穴を埋《う》めるため手伝うのである。

挨拶《あいさつ》をして入っていくと、もうひとりの配膳係であるサーシャが笑顔で迎えた。

「おはよう、ミシェルくん。今日もしっかりやってたわねぇ」

祖母と孫ほど年齢《ねんれい》の離《はな》れた彼女は、ミレーユの身の上に同情してくれているようで何かと気《き》遣《づか》ってくれる。このときも、ポケットから何やら出してきて渡《わた》された。

「昨日、街から商人が来てね。いろいろ置いてったんだよ」

「あ……、『ジェフリー』の飴玉《あめだま》！」

見覚えのある包み紙を見て、ミレーユは思わず声をはずませた。下町に住んでいたころ、よく買いに行った菓子屋《かし》のものだったのだ。どうやらシアラン国内に支店でも出したらしい。

「ありがとう、サーシャさん」

「あら、いいんだよ。でもみんなには内緒《ないしょ》よ」

菓子のひとつふたつで無邪気《むじゃき》に喜ぶのが逆に嬉《うれ》しいらしく、サーシャはにこにこしている。

ミレーユは色とりどりの飴玉をのぞきこんでいたが、ふと思い出して顔をあげた。

「そうだ。その商人って、何か言ってなかった？　街で変わったことがあったとか」

「そうねぇ、特には……」

サーシャは首をひねり、不思議そうに目線を戻す。

「あんた、商人が出入りするたびに気にしてるけど、何かあるのかい。調べたいことがあるんなら聞いといてあげようか？」

「あ、ううん、そういうわけじゃないんです。——ただ、少しでも自分の記憶《きおく》が戻る手がかりがあればと思って……」

目を伏《ふ》せるミレーユを見て、サーシャは同情したようにうなずいた。

「そうだろうねぇ。ああ、何か変わったことがあったならすぐ教えるからね」

「ええ、ありがとう」

笑顔で礼を返しながら、ミレーユは内心つぶやいた。

（もしリヒャルトが大公に捕《つか》まるようなことがあれば、絶対噂《うわさ》になるはず。でもそれがないってことは無事なんだわ。それに、大公も特に動きはないみたい……）

雑用係に任命されて以降、なるべくいろんな人たちと接し、話をするようにしていた。どんな些細《ささい》なことでもかまわない。とにかく情報が欲しくて、先輩騎士たちの催《もよお》す酒盛りにも誘《さそ》われれば片っ端《ぱし》から出かけ、最後まで居座って彼らの会話に聞き耳を立てている。隊に随行《ずいこう》している料理番や使用人たちとも出来るだけ交流して、さりげなく隊のことを訊《たず》ねたりもしていた。

「じゃあ悪いけど、今日も手伝っておくれね」

サーシャに促《うなが》され、ミレーユは思考を中断して配膳の準備に取りかかった。

まずは窓を開け、食堂の空気を入れ換《か》えるところから始まる。長い机を水拭《みずぶ》きして、ミルクの入った瓶《びん》や取り皿、フォークや匙《さじ》の箱を置いていく。第五師団にいるのは百人ほどで、他《ほか》師団と比べたら格段に少ないそうだが、それでも百人分の配膳準備をするのは大変だ。

なんとか支度《したく》を終えて、焼き上がったパンやスープの取り皿を仕分けていると、演習を終えた騎士たちがどやどやと食堂に入ってくる。室内は一気に賑《にぎ》やかになった。

「――ミシェル、こっち！」

スープを注ぎ終えてやれやれと肩《かた》を回していると、真ん中あたりの席でアレックスが手を振っているのが見えた。川で流されていたのを最初に発見してくれた彼は、その縁《えん》もあってか何かとミレーユの世話を焼いてくれる。食堂でもいつも席を確保してくれるのだった。

「お疲《つか》れ。毎朝大変だな。ちゃんと寝てるのか？」

「うん。どうして？」

「だって毎晩酒盛りに誘われてるだろ？　断ってもいいんだぜ。いくら先輩《せんぱい》だからって、規則違反《いはん》なんだから」

「規則違反って、夜更《よふ》かしが？」

「それもだけど、酒だよ。大公殿下《でんか》直属の騎士団が殿下のご命令による任務中に酒宴《しゅえん》なんて、とんでもないことなんだ」

「え、そうなの？」

団長自ら毎晩規則違反を繰《く》り返していたのかと、ミレーユは驚《おどろ》いた。それを察したようにアレックスはため息をつく。

「いくらこれ以上出世がのぞめないからって、ヤケになりすぎなんだよな。殿下のお耳に入ったら降格どころじゃ済まないだろうに」

「出世って……。団長は充分《じゅうぶん》出世してるでしょ？　あの若さで将軍なわけだし」

「将軍になれさえすればいいってものでもないだろ。家に背《そむ》いてまで軍に残ったのに、任されたのが新設のお荷物集団じゃ、さすがに団長が気の毒だ」

第五師団というのが、シアラン騎士団の五つの師団の中でも末席にあり他師団から軽《かろ》んじられているらしいことは、ここ数日の聞き込みで知っていた。師団長を務めるジャック・ヴィレンスは名門の出身だが、第五師団を任されたことで出世の道はなくなったと噂されており、本人もあまり仕事に意欲を持っていないらしい。

「家に背いた、って？」

何か事情がありそうだと察しパンをかじりながらさりげなく訊ねると、アレックスは離れた席にいるジャックへ視線を走らせた。伸《の》びかけた焦《こ》げ茶の髪《かみ》を寝癖《ねぐせ》でぴんぴんと撥《は》ねさせた若き団長は、周囲の騎士《きし》たちと楽しげに談笑《だんしょう》している。

「団長の実家って、代々大公殿下に仕えてる名門なんだ。父君も兄君たちも、団長ご自身も前の大公殿下の忠実な騎士だった。けど、今の大公殿下が即位《そくい》されたとき、父君も兄君たちも職を辞されたんだ。そして団長だけが騎士団に残った。家の方針に背いてまで勝ち馬に乗るのかって、当時はかなり叩《たた》かれたらしい」

「へえ……」

ギルフォード大公の即位に背いてまでも、前の大公への忠義を貫《つらぬ》くようなまっすぐな人たちもいたのだと知って、ミレーユは嬉しくなった。そんな素晴《すば》らしい人たちにぜひともリヒャルトの味方になってほしい。そう思いながら、団長の後ろ姿を盗《ぬす》み見る。

（でも団長は、お父さんやお兄さんたちが辞《や》めたのに、自分だけギルフォード側についたんだ。どうしてだろ。出世したいからとか、そんな計算高そうな人には見えないのに）

アレックスの説明に、ミレーユは首をかしげた。

「仕えてた方が代替《だいが》わりしたら、自分も引退しなきゃいけないってわけじゃないんだよね？」

「そうじゃない。つまり……今の大公殿下には仕えたくないっていう意思表示さ」

さすがに大きな声で言えることではないらしく、彼は低くつぶやいた。

「そうやって去った人は多い。当時の騎士団の師団長も四師団すべての将軍が辞任したんだ。今の将軍方は大公殿下が即位された後に任命された人ばかりさ。我が第五師団は新設で、それこそ今回みたいに宴《うたげ》の警護じゃなく掃除《そうじ》なんかやらされるようなお荷物師団だけど」

　むすりとした顔でアレックスが言う。そういうふうに思われているのは、そこに所属する者としてはやはり不本意なのだろう。

「副長もずっと軍にいるのかな？」

「団長が第五師団長を拝命したとき、自ら副長に指名したんだってさ。士官学生の頃《ころ》からの知り合いらしいけど、性格とか全然違《ちが》うのに仲良《い》いんだよな。脳天気な団長と、笑わない氷の男と呼ばれる副長と」

　アレックスの解説に相づちを打ち、ミレーユはあらためて食堂の中を見渡《みわた》してみた。そういえばずっと気になっていたことがあったのだ。

「この師団って、若い人が多いよね？」

「ああ、学校を出てすぐ配属された者が結構いるからな。僕も去年入ったばかりだし。あとはまあ、言葉は悪いけど、偉《えら》い人の不興を買って左遷《させん》された人とかね」

「ふうん……」

　それで『お荷物集団』なのか。と思いながらなおも視線をめぐらせていたミレーユは、何やら異質な集団を発見して目を瞠《みは》った。

（――ん？　あれ、あんなごつい人たち、今までいたっけ……）

　ごつい、などという形容詞では生ぬるいかもしれない。それなりに爽《さわ》やかな若者たちが集《つど》っているはずの第五師団において、彼らの野性的な容姿は目を引いた。しかも集団でいるから余計に目立つ。どれもがごつごつとした大男で、失礼ながら凶悪《きょうあく》としか形容できない人相に、大きな傷痕《きずあと》をこしらえている者や意味ありげに眼帯をしている者もいる。物語に出てくる山賊《さんぞく》や海賊ってあんな感じかもしれない、と思わずじっくり見入っていると、アレックスが冷めた声を出した。

「気にしなくていいよ。別に害はない。あいつに手を出さないかぎりは何もしてこないから」

言われるままよく見ると、大男たちの中にひとりだけまだ十代らしい少年がいる。赤茶色の髪をした彼はひどく不機嫌《ふきげん》そうな顔つきだ。それを取り囲む大男たちはその外見とは裏腹にひどく行儀《ぎょうぎ》良く、私語すらせずに食事をしていた。

「学生時代の同級生でさ。とんでもない不良なんだ。僕はずっと級長を務めてたから、あいつのせいでいろいろ面倒《めんどう》を見させられたよ。周りにいるごついのは、あいつの親父《おやじ》が差し向けた用心棒軍団だ。一応、金持ちの息子《むすこ》だからさ」

おもしろくなさそうに教えてくれたアレックスは、一転、心配そうにミレーユを見た。

「ミシェル、気をつけろよ。君って大人しいから、あの不良に目をつけられるかもしれない」

「えっ……。うん、わかったよ」

生まれて初めて大人しいなどと評され、びっくりしながらも、ミレーユは考える。

一口に騎士団と言っても、いろんな人間が集まっているのだ、と。

朝食を終えると、第五師団は離宮《りきゅう》の清掃《せいそう》業務に入る。その間、雑用係のミレーユにもまた仕事があった。

盥《たらい》に山のように洗濯《せんたく》物を積み上げ、抱《かか》えて廊下《ろうか》を進んでいくと、あちらこちらから手が伸びてくる。

「お、新人、洗濯か？　俺のも頼《たの》む」

「俺もー！」

新たに洗濯物の山が高くなり、ミレーユは少々ひきつりながら笑った。

「はは……お安いご用で」

「そうか？　じゃ俺も」

「いやー、働き者だなぁ、今度の新人は。感心感心！」

「いえ、めっそうもないです」

一応は愛想《あいそ》良く答え、内心こっそりため息をつく。本来騎士団には洗濯係が随行しているはずなのだが、第五師団にはいなかったため、これまでは各々《おのおの》自分でやっていたらしい。そこにたまたまミレーユが入ってきたので、これ幸いと押しつけられる羽目になってしまったのだ。

何でもやると啖呵《たんか》を切った手前、これくらいのことで文句を言うつもりはなかったが、さすがに何十人分もとなると笑顔《えがお》も引きつり気味になる。だが先輩騎士《せんぱいきし》たちに心証を良くしておくことで、酒の席でもあれこれと機嫌《きげん》良くしゃべってくれるという利点はある。だからこれは幸運なのだと思うようにしていた。

水の豊富なイルゼオンの離宮には、数多くの水場がある。宿舎の裏手にある広い洗濯場へ向かい、ミレーユは井戸《いど》から水を汲《く》み上げた。

「うわ、つめた……」

裸足《はだし》になって盥に入り、水の冷たさに少し顔をしかめながら、洗濯物を踏《ふ》み洗いする。毎日、この洗濯の時間はひとりだ。前の日までに仕入れた情報を整理するのが日課になっていた。

(団長も副長も前のシアラン大公——つまりリヒャルトのお父さんに仕えてた騎士で、見た感じも悪い人たちじゃなさそう。だけど、実質はギルフォード大公の近衛騎士として、命令を受けてここにいる……。あの人たちはやっぱり敵と思っていいのよね)

大公直属の騎士団でありながら、第五師団は他《ほか》に比べて騎士の数も随行《ずいこう》している使用人たちも少ない。冷遇《れいぐう》されているらしいのは察しがついた。そして、名門の出身であり、父兄《ふけい》に背いてまでも大公に仕えているのに、団長のジャックはそんなお荷物集団を任されている。

(それってつまり、団長は大公に嫌《きら》われてるってこと？　でも、どうしてだろう)

そこまでして仕えてくれるのなら、信頼《しんらい》してもよさそうなものだ。それなのに冷遇されて、ジャックは何とも思っていないのだろうか。

(もし、そのことで大公に不満を持ってるなら……、説得すればリヒャルトの側《がわ》についてくれたりしないかしら)

傍《そば》に積まれた大量の洗濯物を見つめる。第五師団にいるのは百人あまりだが、仮にも大公の騎士である。戦力的にも、情報面でも、かなり力になるのではないだろうか。とは言え、お荷物集団と称《しょう》される彼らの実力をまだ知らないので、そのあたりはどうなるのかわからない。

(打ち明けてみようか……)

ふとそんなことを思う。だがすぐに難しい顔で首を振《ふ》った。

(軽々しく言えることじゃないわ。冷遇されてるって言っても、あの人たちが現時点で敵方なのは間違《まちが》いないんだから。何がリヒャルトの足を引っ張るかわからない。慎重《しんちょう》にならなきゃ)

もう少し隊内を観察してみようと結論を出し、ミレーユは洗濯物を踏んでいた足を止めて顔をあげた。

豊かな緑と水に恵《めぐ》まれた、イルゼオンの離宮。遠い昔、高名な魔法使《まほうつか》いによって温泉が湧《わ》き出したという伝説があるこの場所は、大公家の湯治場だったところである。「だった」と過去形なのは、ここ数年まったく使われていなかったからだ。

広大なこの宮殿《きゅうでん》で、かつてギルフォード大公の末妹マリルーシャ公女が暮らしていたのだと、昨夜の酒盛りの席で聞き出すことができた。

身体《からだ》の弱かったマリルーシャは度々《たびたび》ここへ療養《りょうよう》にきており、温泉のわき出るこの離宮を気に入っていた前大公もよく訪《おとず》れたという。だが七年前——年が明ければもう八年前になるそうだが——何者かに襲撃《しゅうげき》された離宮で、幼い公女は怪我《けが》を負い、そのまま行方《ゆくえ》がわからなくなった。

『そして離宮には、公女殿下に仕えてた侍女《じじょ》たちの死体だけが転がってたって話だ——』

教えてくれた先輩騎士の、酒で舌足らずになった声がよみがえる。思わずその光景を想像してしまい、ミレーユはぞくりとした。

(こんなに綺麗《きれい》な場所で、そんなことがあったなんて……)

明るい陽《ひ》の下だというのに、急激に寒さが増した気がした。

だがマリルーシャは生きている。セシリアと名を変えて、アルテマリスの王宮で生活しているのだ。そして彼女の兄であるエセルバート王太子——リヒャルトを助けたくて自分はここまでやってきた。

(びびってる場合じゃないわよ。ギルフォードってやつがとんでもない悪人だってのは、話を聞いてわかってたことじゃないの。その悪人の膝元《ひざもと》までたどり着けたんだから、何としてでも有利な情報をつかまなきゃ)

あらためて決意し、気を取り直して盥から出る。踏み洗いが終わったら今度は手でもみ洗いだ。磨《みが》いた平らな石の上に陣取《じんど》り、盥に水を入れてしゃがみこむ。

(たまにどこからか早馬が来てるみたいなのよね。あれってきっと大公からの命令書を持ってきてるんじゃないかしら。でなきゃ他の部隊との連絡《れんらく》とか。うーん、どうにかしてそれを見られればいいんだけどなぁ……、ん？)

悶々《もんもん》と考え込みながらシャツをごしごしこすっていたら、ふいに陽が翳《かげ》った。

怪訝《けげん》に思って顔をあげると、目の前に男がひとり立っている。短い黒髪《くろかみ》の、長身の若者だ。

淡々《たんたん》とした表情の彼は、最初に目を覚ましたとき膝枕《ひざまくら》をしてくれていたロジオンだった。

「あ、洗濯物ならそこにおいといてください」

他の騎士《きし》たちのように頼《たの》みに来たのだろうと思って山積みの衣類を指さすが、彼はそちらをちらりとも見ずに何かを差し出した。長い紐《ひも》が輪になっており、小さな布の袋《ふくろ》に通してある。

きょとんとして見ていると、ロジオンはようやく口を開いた。

「箱の中身をこれに移されたら、持ち運びも容易《たやす》いと思います」

「えっ……」

耳飾《みみかざ》りの入った箱のことだとすぐにわかって、ぎくりとする。なぜこんなことを言われるのだろうと探《さぐ》るように見返すが、彼は表情を変えず続けた。

「いつも持ち歩いておられるようですから」

そう言えばあのとき、小箱がないと思って慌《あわ》てていたのを見られていたのだ。それで気にしていたらしい。

「ありがとう、ございます……」

正直、あの小箱を常に携帯《けいたい》しているのは難しい面もあったので、この申し出はありがたい。受け取って眺《なが》めていると、ロジオンは次に小《ちい》さな布きれを差し出した。

「傷がつくといけませんので、これで包まれたらよろしいかと」

「あ、ああ、そうですね」

「ではどうぞ」

そう言ってロジオンはふいと顔をそらした。見ていないから早く移し替《か》えろと言われているようで、不思議に思いながらもミレーユは懐《ふところ》に手を入れた。

小箱を取り出して蓋《ふた》を開ける。渡《わた》された上等の布で丁寧《ていねい》に耳飾りを包み、袋に入れる。箱に入っていた時はそうでもなかったのに、首からかけるとずしりと重い。

「大切なものですか?」

黙《だま》っていた彼が急に口を開き、服の下に入れていたミレーユはびくりとそちらを見た。

「え、ええ……。お母さんの形見なんです」

リヒャルトの、と心の中で付け足す。

ロジオンはふと目を伏《ふ》せてまた黙り込んだが、おもむろに腰《こし》を下ろした。

「自分も洗濯を手伝います」

「えっ」

思いがけない申し出に驚《おどろ》いて絶句していると、ロジオンはさっさと水を別の盥に入れてごしごし洗い始めた。

「いや、でも、これって新人の仕事みたいだし」

「自分もここでは新人です」

慌てて止めても、彼は短くそう言っただけで目もあげない。生真面目《きまじめ》な顔をして洗濯《せんたく》に精を出しはじめたので、ミレーユは面食《めんく》らった。

「あの、ロジオンさん……」

途端《とたん》、それまで聞く耳持たずという風《ふう》だった彼がぎろっと鋭《するど》くこちらを見る。

「〝さん〟はいりません。ロジオンで結構です」

「え、そ、そうですか? じゃあロジオン——」

言いかけたら、またしても迫力《はくりょく》のある眼差《まなざ》しが返ってきた。

「敬語を使っていただく必要はありません」

「……でも、先輩《せんぱい》だし……」

なぜにらまれるのだろうと困惑《こんわく》しながらも言い返すと、彼は手を止めてこちらに向き直った。

仕草は優雅《ゆうが》だったが、眼差しは見据《みす》えるような鋭い光が宿っている。

「――お願いします」

繰《く》り出されたのは下手《したて》からの要求だったが、軽く脅《おど》されているような気分になった。

「はあ……」

とりあえずうなずくと、それで満足したのか彼はまた生真面目な表情に戻《もど》って洗濯を始めた。

気迫《きはく》に圧されてしまったミレーユはそろそろと自分も盥《たらい》に向かう。

（なんなの、この人。なんかちょっと変な人？　でも、耳飾りのことを気遣《きづか》ってくれたし、洗濯も手伝いに来てくれたし、いい人……よね）

短い黒髪、あまり表情のない顔。切れ長の目はいくらか鋭かったが、冷たいというほどではない。ミレーユは気づかれないよう横目でちらちら観察していたが、その横顔に妙《みょう》な既視感《きしかん》を覚えて眉根《まゆね》を寄せた。

（……あれ？　なんだろう、この感じ。この人、どこかで……）

会ったことがあるような気がする。そう思った時だった。

突然《とつぜん》、断末魔《だんまつま》のごとき絶叫《ぜっきょう》が響《ひび》き渡り、ミレーユはぎょっとして顔をあげた。

「な——何⁉」

慌ててあたりを見回す。現在この離宮《りきゅう》に駐留《ちゅうりゅう》しているのは第五師団の面々だけのはずだ。となるとこの悲鳴の主は、師団の誰《だれ》かである可能性が高い。

何かが起こったのだ。そう悟《さと》ると同時に、ミレーユは裸足《はだし》のまま駆《か》け出した。

洗濯場の裏手にある庭へ入ると、大きな木の根元に座り込んでいる男が目に入った。赤茶色の髪《かみ》をした彼はまだ若い。恐怖《きょうふ》に引きつった表情をしているが、他《ほか》に誰の姿も見当たらないのが不審《ふしん》といえば不審だった。

「どうしたのっ！」

てっきり隊士同士の血で血を洗う争いが繰り広げられているとばかり思っていたミレーユは、怪訝に思いながら駆け寄った。大げさでなくそう思ってしまうほど凄まじい悲鳴だったのだ。

「ねえ、ちょっと大丈夫《だいじょうぶ》⁉」

一点を見つめたままガクガクと激しく震《ふる》える少年を、ミレーユは力をこめて揺《ゆ》さぶった。そこで初めて、今朝食堂で用心棒軍団を従えていた彼だと気づく。

びくっと顔をあげ、彼はうわごとのように言いながら戦《おのの》いた。

「魔王《まおう》が——煉獄《れんごく》の大魔王がオレを殺しにくるっ！」

「ま……魔王⁉」

「ひぎゃあああああぁぁっ、きやがったあ——————‼」

耳元で絶叫され、しがみつかれて、尋常《じんじょう》でない怯《おび》え方につられてミレーユは浮《う》き足立った。

こんなところにまさか魔王が、とは思うが彼の様子を見るとそれもありそうな気がしてくる。

（一体、どんな化け物が……!?）

よほど恐《おそ》ろしいものに違《ちが》いない。ごくりと喉《のど》を鳴らし、ミレーユは緊張《きんちょう》して振《ふ》り向いた。

「――にゃぁ」

ふっさりとした毛並み、ふてぶてしい顔つき、怠惰《たいだ》さを感じさせる体形と仕草。それらに似合わない可愛《かわい》らしい鳴き声――。

にゃぁぁん、と欠伸《あくび》をするように発した声に、少年がヒィッと息を呑《の》む。彼にしがみつかれたまま、ミレーユはぽかんとしてその生き物を見つめた。

「……………猫《ねこ》？」

それはどう贔屓目《ひいきめ》に見ても魔王などではなく、まして怪物《かいぶつ》でもなかった。普通《ふつう》よりは少し大きめだが、ただの一匹《ぴき》の猫にしか見えない。というか、間違いなく猫だ。

「え？　これが、魔王？　いや………、猫でしょ？」

彼の怯えぶりに、自分が幻覚《げんかく》を見ているのかとすら思うが、何度確認《かくにん》してみてもやはりそこにいるのは猫である。

「うあああぁっ、もうだめだ、やられるぅ！」

「いや、猫だから。やられるって、一体何をやられるのよ」

せいぜい飛びつかれてひっかき傷ができる程度だろう。しかし目の前の猫は心なしかぐったりとしており、飛びついてくる元気さえなさそうだ。

怪我《けが》でもしているのだろうかと、ミレーユは猫に近寄った。傍《そば》にいっても逃《に》げようともせず、弱々しく鳴くばかりで、抱《だ》き上げてみたが嫌《いや》がりもしない。

と、背後で息を呑む気配がした。

「……すげえ……」

「は？」

振り向くと、腰を抜《ぬ》かして座り込んだまま、青い顔をした少年がこちらを凝視《ぎょうし》している。

「あんな猛獣《もうじゅう》を軽々と……。ただ者じゃねえ……」

自分のことまでも怪物を見るような目で見られ、ミレーユはきょとんとした。

「や、だって、猫だし」

「こんなに勇敢《ゆうかん》なお方は見たことがねえ……！　煉獄の大魔王すらも手玉にとる豪腕《ごうわん》……まるで赤子の手をひねるかのごとく魔王を倒《たお》し、それでいて顔色すら変えない剛胆《ごうたん》さ……」

猫を抱き上げたミレーユを愕然《がくぜん》として見つめていた彼は、やがて頬《ほお》を紅潮させ瞳《ひとみ》をきらめかせた。

「間違いねえ、このお方こそ本物の勇者だ！　超《ちょう》すげえ、まじかっけー！」

こちらの言葉はまったく耳に届いていないらしい。彼の不可思議な発言の数々に呆気《あっけ》にとられたミレーユだが、ふと思いついて訊《たず》ねてみた。

「もしかして、猫が苦手なの？」

はっとしたように、少年の顔が恐怖でゆがむ。

「苦手なんて、そんな生やさしいものじゃないっすよ。このまま野放しにしといたら、あいつら絶対世界を滅《ほろ》ぼすに決まってます！」

「……要するに、ものすごく苦手ってわけね」

彼はどんよりとした底暗い目になった。

「勇者様だから打ち明けますけど、オレ、あいつらに襲《おそ》われたことがあるんすよ。畑で弁当食ってたら、突然集団で襲撃《しゅうげき》してきやがって……っ！　おとなしそうな顔しやがって、あいつらの獰猛《どうもう》さは半端《はんぱ》ないんです！　オレとオレの弁当を蹂躙《じゅうりん》し、オレの心も体もめちゃくちゃにして、もうどんなに恐ろしかったことか——」

ぐちぐちと語り続ける彼は、よほど猫との間に確執《かくしつ》があったらしい。あまりにも極端《きょくたん》な拒絶《きょぜつ》ぶりに面食らったものの、ミレーユも怪奇《かいき》物は大の苦手だから、そうやって大げさに恐れてしまう気持ちはわかる。

しかし気になるのはこの猫だ。明らかに飼い猫、それもおそらくは身分の高い人に飼われているであろう高貴でふてぶてしげな猫。誰も住んでいないはずの離宮にどうやって迷い込んだのだろう。それに随分《ずいぶん》と弱っているようだ。

「じゃあ、この猫はあたし……ぼくが連れていくから。安心していいよ」

とりあえず不安要素をとりのぞいてやろうと、いまだ愚痴《ぐち》をはき続けている彼に言い残し、猫を抱《かか》えて踵《きびす》を返す。いつの間にかついてきていたらしいロジオンと一緒《いっしょ》に、洗濯場に戻ろうとした時だった。

「待って下さい！」

背後で少年が叫《さけ》んだ。

何事かと振り向くと、彼は地面に正座してこちらを真剣《しんけん》な顔で見つめている。

「オレ、テオバルトって言います。テオと呼んでください」

「え？　ええ……」

なぜいきなり自己紹介《しょうかい》、と戸惑《とまど》うミレーユに、テオと名乗った彼は頬を紅潮させて叫んだ。

「あんたの男気に惚《ほ》れました。どうかオレを弟子《でし》にしてください！」

「——は？」

「駄目《だめ》なら舎弟《しやてい》でもいいっす」

目をきらきらさせて訴《うった》えた彼は、呆然《ぼうぜん》とするミレーユにさらなる駄目《だめ》押しをした。

「今日からアニキと呼ばせてもらうっす。ふつつか者ですが、一生懸命《いっしょうけんめい》お仕えするんで、よろしくお願いします！」

予想外すぎるその申し出に、ミレーユはただ固まるしかなかった。


それ以来、ミレーユの生活は一変することとなった。

「おはようございます、アニキ！」

「わぁ！」

早朝、自室の扉《とびら》を開けるなりテオが笑顔《えがお》で廊下に待ちかまえていて、少し寝《ね》ぼけ気味だったミレーユは仰天《ぎょうてん》した。

「な、何してんの。まだ起きるには早いんじゃ」

雑用係になって以来、自分より早く起きている者といえば団長のジャックくらいしかいなかったというのに。それにテオの部屋は二階のはずだ。

「いえ、アニキの朝のお支度《したく》を手伝おうかと思いまして！　アニキって早起きっすね！　健康的で素敵《すてき》っす」

昨日食堂で見たときの不機嫌《ふきげん》そうで不良じみた表情から一転、やけに目をきらめかせている。

一体どうしたのかと思いながらミレーユは瞬《また》いた。

「いや、支度とかはいいよ、自分でできるし……。それに、今から仕事だから」

「仕事、とおっしゃいますと」

「みんなを起こしにいくの。毎朝起こしにきてたの、知ってるでしょ」

テオは軽く眉《まゆ》をひそめ、やがて思い出したのか目を輝《かがや》かせた。

「ああ！　あの親切な騒音《そうおん》はアニキがやってたんですか！　いやー、おかげで毎朝寝不足《ねぶそく》で、すっかりオレも健康的な生活を送れてましたよ。ありがとうございます！」

感謝されているのか文句を言われているのかよくわからない。ミレーユは困惑《こんわく》ながらも先を急ぐことにした。

「じゃ、行くから」

「アニキ！　そんな、わざわざ御自《おん》らあいつらを起こしてやることないっすよ。アニキともあろうお方が」

「いや、でも仕事だから。団長命令なんだよ」

するとテオは驚《おどろ》いたように目を瞠《みは》り、ふいに目つきを鋭《するど》くした。

「まじすか。ちっ、あの野郎《やろう》、よくもアニキをこき使いやがって……。ゆるせねえ！　ちょっとヤキ入れてきます」

短刀片手に踵を返そうとするのでミレーユはぎょっと目をむいた。

「待って！　入れなくていいからヤキとかは！　団長は全然悪くないから！」

「そっすか。アニキがそう言うんなら……」

短刀を引っ込めたのを見て、ミレーユはほっと安堵《あんど》した。しかしそれも束《つか》の間、

「じゃ、オレもアニキのお仕事についていきます」

笑顔で言われてまたも目を瞠る。

「い、いいよ、ひとりで大丈夫《だいじょうぶ》」

「水くさいっすよ、アニキ！　オレはアニキのためなら何だってやりますよ。——あ、これが仕事道具すか。これでひとりずつ頭かち割っていくっつー寸法ですね！」

ミレーユの手からバケツと棍棒《こんぼう》を取り上げ、テオは嬉《うれ》しげに踵を返す。

「じゃ、オレ、アニキのぶんまでやつらをかち割ってきますんで！」

「なっ……、待って——————ッッ!!」

なんという惨劇《さんげき》を起こそうとしているのか。瞬時《しゅんじ》に眠気《ねむけ》も吹《ふ》き飛び、ミレーユは真っ青になって走り去るテオを追いかけた。

「――ミシェル、大丈夫か？　顔色が悪いけど」

ぐったりとして朝食の席に現れたミレーユを、アレックスは驚いたように迎《むか》えた。

「だ……大丈夫……」

一応答えたが、実はあまり大丈夫ではない。あの後、何とか惨劇直前でテオを引き留め、ゲンコツをくらわせて外に放り出したのだが、その鉄拳《てっけん》でますます男惚れされてしまったらしく、熱く忠誠を誓《ちか》われてしまったのだ。ようやく目をかすめて食堂へ来たものの、彼との騒動《そうどう》はしっかり先輩《せんぱい》たちに見られていたらしい。心なしか注目を浴びている気がする。

(冗談《じょうだん》じゃないわよ。ここでは目立たないように大人しくしてるつもりでいるのに。舎弟なんかいたら嫌《いや》でも目立っちゃうじゃないの)

テオのような少年自体は別に苦手ではない。下町ではあれくらい生《い》きのいい男の子はたくさんいたし、見慣れているせいか懐《なつ》かしさすら覚える。が、それと舎弟云々《うんぬん》はまた別の話だ。なんとか諦《あきら》めてはもらえないだろうか――とうなだれてため息をついた矢先、まさしくテオの声が耳に飛び込んできた。

「見つけましたよ、アニキ！」

ぎくっとして顔をあげると、息を切らしたテオが盆《ぼん》を持って立っている。彼はむりやり席を一人分詰《つ》めさせると、ミレーユの隣《となり》に腰《こし》をおろした。

「どこに行っちゃったのかと思いましたよ。舎弟として給仕《きゅうじ》をさせてくださいっす！」

（ひー）

周囲の注目を浴びまくりだ。用心棒軍団を引き連れている不良少年と、入ったばかりの新人雑用係という組み合わせは、さぞかし珍《めずら》しいことだろう。

「アニキ……？　舎弟？」

向かいに座ったアレックスが、意味不明だと言わんばかりにつぶやいた。ふたりを見比べた彼は、ふいに表情を厳しくすると、くいっと眼鏡《めがね》をあげてテオをにらんだ。

「おまえ、ミシェルにつきまとって、どういうつもりだ？　彼の大人しさにつけ込んで、何を企《たく》んでるんだ」

「……あぁ？」

にこやかだったテオが、うろんげに視線をめぐらせる。

「んだ、このガリ勉野郎。なんでてめーがアニキと仲良く飯食ってんだ？　出しゃばるんじゃねえよ」

「黙《だま》れ不良め。こんなところにきてまで弱い者いじめをするつもりか」

「つうか消えろよ。オレとアニキの朝食の席に入ってくんな」

「入って来たのはおまえだろ。ミシェルはいつも僕と一緒に食事をとってるんだ。邪魔《じゃま》者はおまえのほうだ」

「てめえっ、オレのいない隙《すき》に勝手なことしやがって……、アニキの一番弟子はオレだ！」

たちまち険悪な雰囲気《ふんいき》に包まれる。遠慮《えんりょ》なしに言い合うふたりは、もしかしたら確執《かくしつ》の根が深いのだろうか。他《ほか》のテーブルからも視線を感じ、ミレーユは慌《あわ》てて止めに入った。

「ちょっと、食事くらいみんなで食べればいいじゃない。そんな、喧嘩《けんか》しないでさ……」

「おうおう、ミシェルを巡《めぐ》っての争いか。やるねえ色男」

にらみ合いをやめないふたりに、先輩騎士《せんぱいきし》らがにやにやとヤジを飛ばす。ミレーユは顔を引きつらせた。

（う、嬉しくない……!!）

確かに状況《じょうきょう》を見ればふたりの男に争われているのだが、目立ちたくないミレーユにとってはまさしくありがた迷惑《めいわく》としか言いようがない。

なぜこうなるのか——。パンを片手に持ったまま、ミレーユはがくりと肩《かた》を落とした。


騒動はそれだけでは済まなかった。

夜中近く、先輩騎士たちとの酒盛りから帰ってきたミレーユは、自室の前に人だかりができているのに気づいて足を止めた。

どれもこれもいかつい男ばかり、よくよく見てみるとテオの用心棒をしているという彼らだ。

ミレーユの姿に気づいた彼らは、ぴたりと話すのをやめてこちらに注目した。

「な、何のご用で……?」

おそるおそる訊《たず》ねると、ひとりの男が他《ほか》の者らをかきわけるようにして出てきた。髪《かみ》をぴっちりと品よくなでつけているが、頰《ほお》には大きな傷が走り、目は底知れない色を浮《う》かべている。

「おたくが、アニキさんで?」

低い声で問われ、ミレーユはたじろぎながらうなずいた。これはどうやら、テオのことで文句を言いにきたようだ。彼らにとっては大事なお坊《ぼっ》ちゃまなのだから、彼がアニキと呼んでいる者が気になるのは当然のことだろう。

「うちの坊ちゃんが、いつもお世話になってます」

「い、いえ、めっそうもない」

深々と頭を下げられ、慌てて首を振《ふ》る。後ろに控《ひか》えた男たちも同様に頭を下げていた。

「あっしらは、坊ちゃんのお父様の命令でこちらにご一緒《いっしょ》させてもらってる者です。坊ちゃんに兄貴分ができたと知って心中穏《おだ》やかでなく、ご挨拶《あいさつ》にまいりました」

「で、ですよね、こんな兄貴分なんか嫌ですよね。やめるよう説得してもらえます?」

「とんでもない!!」

急に低音のまま叫《さけ》ばれ、思わず一歩後退《あとずさ》る。何か怒《おこ》らせるようなことを言っただろうかと引きつっていると、男はいきなりその場に膝《ひざ》と手をついた。背後の男たちもそれに倣《なら》う。

「アニキさんの勇敢《ゆうかん》さは坊ちゃんから聞いております。あなたがいらっしゃらなかったら、坊

ちゃんは今頃冥府《いまごろめいふ》の住人になっておられた。何万回お礼を申し上げても足りないくらいです」

「や、だって、あれはただの猫《ねこ》──」

「無幻魔王《まおう》に素手《すで》で立ち向かい見事勝利されたという豪腕《ごうわん》に、あっしら全員感服しました。あっしらもぜひ、アニキさんにお仕えさせてください」

「──え」

嫌な予感が走る。汗《あせ》を浮かべて後退るミレーユに、彼らは異口同音に訴《うった》えた。

「舎弟《しゃてい》にしてください、アニキさん！」

深夜の廊下《ろうか》に、それは地響《じひび》きのごとき低音でよくこだました。


（おかしい……こんなはずじゃ……）

ごしごしと洗濯《せんたく》物を洗いながら、ミレーユは虚《うつ》ろな目を空に向けていた。

朝食後の洗濯の時間。舎弟たちはわいわいと楽しげに輪になって洗濯に励《はげ》んでいる。騎士《きし》団の任務である離宮《りきゅう》の掃除《そうじ》をほったらかしてミレーユの仕事を手伝っている彼らは、舎弟志願して以来どこへ行くにもつきまとってくる。食堂でも両隣《りょうどなり》にずらりと陣取《じんど》って、給仕やら肩もみやらの順番をめぐる争いを毎回繰《く》り広げるのだ。当然ながら注目を浴びないわけがなく、最近では心なしか先輩騎士たちが向ける目が怯《おび》えている気がする。

(こんなに目立ったら、もう潜入捜査《せんにゅうそうさ》どころじゃないじゃないの！)

ぶるぶるとミレーユは拳《こぶし》を震《ふる》わせた。猫嫌《ねこぎら》いなテオを何気なく助けただけの話が、やけにきれいな美談となって彼の用心棒たちに伝わってしまったのが運の尽《つ》きだった。彼らの故郷では猫を特別に忌《い》み嫌うような風習でもあるのかと思うくらい、ミレーユを英雄《えいゆう》としてあがめ奉《たてまつ》っているのだ。

片時も放っておいてくれないので、周囲はいつも賑《にぎ》やかだ。見知らぬ土地でひとりぼっちという心細さを味わっている暇《ひま》も、寂《さび》しいと思う余裕《よゆう》もない。

(……って、何ちょっとほだされそうになってんのよっ。ここに来たのは何のためだと思ってんの、しっかりしなきゃ)

このまま目立っていては、ひとりで調査をしようにも支障がある。何とかしなければと思いいちいち断りを入れたのは、そうしないとどこまでも追いかけてこられるからだ。ひとりになる時間がなくなってしまった今、そうでもしないと考え事をする時間さえ作れない。

「ちょっと、これ干してくるから……」

ながら洗濯物をしぼって水気を切り、盥《たらい》に積み上げて立ち上がった。

しかしそんなミレーユを舎弟軍団はすかさず引き留める。

「アニキさん、そんな面倒《めんどう》事はあっしらがやりますから！」

「そうっすよ。ぜひこの『鯨《くじら》返しのヴァルカン』にやらせてくだせえ！」

「いや、むしろ俺が！　この『青海の鯱《しゃち》ガンダルーク』めがアニキさんの代わりに務めさせていただきやす！」

「てめーら、でしゃばるんじゃねえ！　アニキの一番弟子《でし》であるこのオレがやるに決まってるだろうが！」

（ま……また始まった……）

次々と立候補がたち、たちまち殺気立つ彼らにミレーユは冷や汗を浮かべた。何かやろうとするたびにこうなのだ。そして散々物騒《ぶっそう》な雰囲気をまきちらしながら争ったあげく、結局最後にはじゃんけんで決めるのである。心労がかかることこの上ない。

今日もいつものごとく、彼らは総出で勝ち抜《ぬ》きじゃんけん戦を始めた。男たちに存在を争われているというのに、ちっとも嬉《うれ》しくないのはなぜだろうと思いながら、隙を見てミレーユはそろそろとその場を離《はな》れた。

「ふー……、やれやれ」

ようやく彼らの声が聞こえないところまで来て、足を止める。彼らに悪気がないのがわかるだけに無下にもできず、苦労もひとしおだ。見た目や時折口走る台詞《せりふ》は怖《こわ》いが、それらに反して彼らは一様に礼儀《れいぎ》正《ただ》しい。まったく謎《なぞ》の集団だ。

「――ん？　あら」

ふいに足下《あしもと》の繁《しげ》みがガサリと動き、のそりと猫がはい出してきた。テオを襲《おそ》っていたかの猫はあれ以来ミレーユに拾われ、同じ部屋で生活している。たまにふらりといなくなると思っていたが、どうやら散歩でもしていたらしい。

「こんなところにいたの。お腹《なか》すいたんじゃない？」

拾った当初元気がなかった猫だが、怪我《けが》や病気というわけではなくただ腹を空《す》かせていただけのようだった。おそらくはミレーユに見つかるまでの間、しばらく食べ物を口にしていなかったのだろう。

問いかけにも猫は相変わらずのふてぶてしい顔つきでそっぽをむく。無視されたとわかってミレーユは軽く肩をすくめた。

（——それにしても、困ったわね。これといった情報がつかめない。やっぱり雑用係じゃ限界があるわ。なんとかもっと中枢《ちゆうすう》に食《も》い込めないかしら）

わかったことと言えば、自分が潜り込んだ第五師団がお荷物集団だと言われていること。そしてこの離宮で花嫁《はなよめ》の歓迎《かんげい》式典が行われること。あとは団長をはじめとした隊士たちの経歴を世間話程度に聞いたくらいか。大公側の動きや弱点が知りたいのに、そういったことはとんと耳に入ってこない。

どうしたものかと腕《うで》組みをして考え込みながら、庭の植え込みの間を歩いていたら、前の方から若い女の声が近づいてきた。

「フェリックスー、どこにいるのー？」

騎士団に拾われて以来とんと縁《えん》がなかった類《たぐい》の声に、ミレーユは驚《おどろ》いてそちらを見た。がさがさと繁みをかきわけながら、薄茶色《うすちゃいろ》の髪をした頭がこちらへ向かってくる。

捜《さが》し人でもしているらしい彼女は、困ったような声で呼びかけながら歩いてきたが、ミレーュと顔を合わせる寸前、いきなり蹴躓《けつまず》いた。

「きゃあ」

突然《とつぜん》目の前ですっ転びそうになる彼女に、ミレーユは慌《あわ》てて手を差し出した。なんとか転ぶ直前で抱《だ》きとめることができて、思わずほっと息をつく。

(でも、誰《だれ》だろう？　どう見ても、騎士団お付きの使用人じゃない……ていうか、お姫《ひめ》様みたいだけど)

灰色がかった薄茶色の髪を長くたらした彼女は、身分の高い娘《むすめ》が着るようなドレスを身につけている。両の横髪を留めた髪飾《かみかざ》りは宝石をあしらったものだし、ちょうどつかんだ手はすべすべと白くて傷一つない。

「いけない、わたくしったら。木の根につまずいて転んでしまったわ」

どこか説明的な台詞を吐《は》いて、彼女は顔をあげる。ミレーユに気づくなり、はっとしたように息を呑《の》んだ。空色の瞳《ひとみ》に無邪気《むじゃき》な驚きの色を浮《う》かべ、彼女はぽつりとつぶやいた。

「……王子様」

夢見るような眼差《まなざ》しで見つめられ、ミレーユはきょとんとしながらも確認《かくにん》する。

「大丈夫《だいじょうぶ》ですか？　お怪我は？」

「……はい……」

胸の前で両手の指を組み合わせ、熱に浮かされたような瞳で彼女はうなずいた。その足下がガサリと揺《ゆ》れ、驚いたように目をやる。

「まあ、フェリックス。こんなところにいたの」

見れば、繁みからあの猫がのそのそと出てくる。少女が抱き上げると、申し訳程度にニャァと鳴いた。

「もしかして、あなたの猫ですか？」

やはり飼い猫だったのだと思って訊《たず》ねると、少女は愛《いと》しそうに猫を抱きしめてうなずいた。

「ええ。しばらく行方《ゆくえ》がわからなくて、ずっと捜《さが》していたの」

「あ……、ごめんなさい。たまたま拾ったので、部屋に連れて帰ったんです。お腹を空かせてぐったりしてて」

「じゃあ、あなたがこの子の面倒を見てくださっていたの？　どうもありがとう」

「いえ、そんな」

ミレーユは無事飼い主が見つかってほっとしながら微笑《ほほえ》み返したが、どこからか自分を呼ぶ野太い声が聞こえた気がしてぎくりと振《ふ》り返った。

アニキアニキの大合唱は空耳ではなかった。不在がばれてしまったらしい。ミレーユは慌てて踵《きびす》を返した。

「じゃっ、わたしはこれで」

「待って。あなたのお名前を教えて」

「ミシェルです。それじゃ！」

「あ……」

まだ何か言いたげな彼女を残し、ミレーユは急いで走り出す。

結局彼女は何者だったのだろう？　そんなことをふと思ったが、押し寄せてくる舎弟《しゃてい》軍団を前に瞬《また》く間にその疑問は吹《ふ》き飛んだ。


その日の夕食後。ミレーユは師団長室に呼び出された。

師団長ジャックも副長のイゼルスもそろって難しい顔をしている。これはもしやテオとその用心棒軍団を日々引き連れていることで何か言われるのだろうかと、ミレーユは軽く身構えた。心当たりと言えばそれくらいしかない。だがジャックが口にしたのは予想外のことだった。

「おまえは、エルミアーナ様と面識があったのか？」

「え……、エル……？」

覚えのない名前に戸惑《とまど》うミレーユを、ジャックはじっと見つめている。いつもの陽気な青年将軍の顔ではなく、どこか眼差しは鋭《するど》かった。

「知らんのか。ならばなぜおまえ宛《あ》てに公女殿下から手紙が届くんだ？」

「こ、公女殿下？」

なぜ、だなんてこっちが聞きたいくらいだ。エルミアーナという名前すら初めて耳にしたというのに。

「金髪《きんぱつ》に青灰色の瞳の若い隊士、名前はミシェル。第五師団で当てはまるのはおまえだけだ。なんでも、猫《ねこ》を助けてもらったお礼がしたいそうだが」

ミレーユ宛てに届いた手紙を、ジャックはとっくに読了《どくりよう》済みらしい。そうまで言われてようやくミレーユは、あっと声をあげた。

「あの猫の飼い主……！　あの人が公女殿下なんですか⁉」

「やっぱり心当たりがあるんじゃないか」

呆《あき》れたように言って、ジャックは折りたたまれた紙を差し出す。確認するよう促《うなが》され、ミレーユは面食《めんく》らいながらそれを開いた。

「飼い猫を助けてくれた礼に、自分付きの騎士《きし》として仕えないかとの仰《おお》せだが」

「……そうみたいですね」

「もちろん却下《きやつか》だ」

あっさりと言ったジャックに、手紙を読んでいたミレーユは目を向ける。

「おまえは貴重な起床《きしよう》係だからな。いくら公女殿下といえどお譲《ゆず》りするわけにはいかん」

「はあ」

そんなに重宝がられていたとは知らず、ミレーユは曖昧《あいまい》にうなずいた。確かに、騎士団の中で情報を探《さぐ》っている身としては、ここを離《はな》れるのはいささか不都合がある。

（……でも待って。確かギルフォード大公には子どもがいなかったわよね。エルミアーナさまの年齢《ねんれい》からすると娘ってわけじゃないし、たぶん唯一《ゆいいつ》シアランに残ったっていう妹姫なんだわ。

そんな方とお知り合いになれるかもしれないなんて、ものすごくついてるわよね……）

どちらの線から調べるのも捨てがたい。できれば両方とりたいところだ。

「団長の許可が下りなかったと言ってお断りしろ。ただし、たまに話し相手としてくらいなら貸し出してくれるらしいと加えておけ」

思いがけずジャックが付け足した言葉に、思わず声がうわずる。

「いいんですか？」

「かまわんよ。ここにいるイゼルスが同行するから心配するな。明日までに返書をしたためて私に提出するように」

公女への親書なのだ、当然責任者である師団長が届ける前に目を通すのだろう。

師団長室を辞し、自分の部屋に戻《もど》りながら、ミレーユは胸が高鳴るのを抑《おさ》えきれなかった。

（あの方がエルミアーナ公女殿下……。大公に近い人から話が聞けるかもしれない……！）

浮かれた足取りで階段を上りながら、窓から見える別棟《べつむね》の明かりを目にしてふと考える。

——公女は、こんな田舎《いなか》の離宮《りきゅう》に一体何をしにきているのだろう、と。


翌日、何の前触《まえぶ》れもなくミレーユに新しい辞令が下った。

『雑用係ミシェルを、書記官補佐《ほさ》に任命する』

いつものように洗濯場《せんたく》で仕事に励《はげ》んでいたミレーユは、突然現れた副長のイゼルスにその書類を渡《わた》され、ぽかんとなった。

「書記官補佐……って？」

「その名の通り、書記官の補佐業務だな」

いつも通りの冷静沈着《ちんちゃく》な調子で、副長は説明する。

「今朝きみが提出した公女殿下への返書を読ませてもらったが、非常に筆跡《ひっせき》が美しく読みやすい。ぜひとも書記官として力を発揮してほしいと、悪筆な団長も絶賛しておられた」

「つまり……清書係みたいなものってことですか？」

「もちろん他《ほか》にもやってもらうことはあるが、当面はそれを任そうと思う。軍に関係する書類すべてを扱《あつか》う部署だから、やりがいはあるだろう」

どきっとミレーユの胸が鳴る。軍の書類を見られる部署に異動だなんて、願ってもないことだ。どうにかして中枢《ちゅうすう》の情報を探れないかと悩《なや》んでいたところだったのだから。うまく事が運びすぎているような気もするが、ためらう理由はない。せっかく向こうから飛び込んできた好機なのだ。

「わかりました、ぜひやらせて下さい！」

勢い込んで返事をすると、成り行きを見ていた舎弟軍団がうおおおと鬨《とき》の声をあげた。

「すげえ！　あの書記官に抜擢《ばってき》されるなんてすげー出世っすよ。やっぱアニキかっけー！」

「アニキさん、洗濯係は引き続きあっしらが責任持って務めますんで、存分に能力を発揮してきてくだせえ！」

「応援《おうえん》してますぜ、アニキさん！」

「でも寂《さび》しいから朝夕の食事はご一緒《いっしょ》させてくださいね、アニキさん！」

　熱い励ましや温かい言葉をかけられ、ミレーユは思わず胸がきゅんとしてしまった。今まで避《さ》け気味にしていたことが申し訳なく思えてきてしまう。顔は怖《こわ》いがけっして悪い人たちではなかったのだ。意気込みだけでここまで来たが、やっぱりひとりで心細かったことは認めざるを得ない。彼らのおかげで、少なくとも寂しい思いはしなかった。潜入捜査《せんにゅうそうさ》するのに支障こそあったが――。

「みんな、今までどうもありがとう。元気でね！」

「アニキ……っ。さよならなんて言いっこなしっすよ！　寂しいじゃないすか！」

「俺らいつまでも待ってますんで、アニキさんこそ元気でいてくだせえ！」

　感極《かんきわ》まる一同に、イゼルスが冷たく水を差す。

「居住区も食事時間もこれまでと同じだ。過剰《かじょう》な感傷にひたるのはそのへんにしておけ」

　行くぞ、と素っ気なく促され、ミレーユは涙《なみだ》で舎弟たちと別れたのだった。

「ミシェル、きみの好きな食べ物は？」

建物内に戻ってふたりきりになった途端《とたん》、イゼルスは突然脈絡《とつぜんみゃくらく》のない質問をしてきた。

「食べ物、ですか？　えと、書記官の仕事に何か関係が……？」

「そうではないよ」

きょとんとするミレーユに、イゼルスはなおも前を向いたまま続ける。

「ただ、きみに興味があるんだ」

「……？」

ますます意味がわからない。新入隊士に対する聞き取り調査というわけではなさそうだし、アルテマリスにいたころジークによくやられたようにからかわれているわけでもないようだ。副長の横顔はただただ冷静なばかりで、世間話に興じようとしているようにも見えない。

「そうですね……、お菓子《かし》とか好きですけど」

彼が返事を待っているようだったので、ミレーユは不思議に思いながらも答えを返した。少し先を行くイゼルスはその答えに黙《だま》り込み、やがてかすかに笑《え》みまじりの声で感想をもらした。

「可愛らしいんだな」

はっとミレーユは息を呑《の》む。今は男の『ミシェル』なのに、つい本音で答えてしまった。

「お、男で甘党って、やっぱり変ですよね。ははは……」

慌《あわ》てて繕《つくろ》うようにごまかすと、イゼルスが足を止めた。

振《ふ》り向いた彼はいつもの鉄壁《てっぺき》の冷たい顔ではなかった。ミレーユは目を疑った。

(副長、今、笑った……⁉)

『笑わない氷の男』である彼が笑ったのを見たのはこれが初めてだ。団長のジャックもある意味謎《なぞ》な人だが、副長も何を考えているのかわからない人だと常々思っていたので、この笑みは意外だった。

「ここだ」

すぐに元通りの顔になった彼が、目の前の扉《とびら》を見やる。『関係者以外立ち入り厳禁』と書かれた看板のかかったそこが、ミレーユの新しい職場だった。


シアラン騎士《きし》団の書記官とは、軍の各種書類を保管・作成する文官を指す。単に騎士団の内外に行き交《か》う文書を作るだけでなく、時には難解な暗号を解いたり、古語で書かれた機密文書を大陸共用語に翻訳《ほんやく》することなども求められる。自然、書記官にはそれらの能力に長《た》けた者が選ばれるため、数種の古語を修得《しゅうとく》していたり、大学で専門分野を修めていたりなどの頭脳派が集まることになる。

そんな集団に抜擢されたのを誰《だれ》より信じられずにいたのは、他でもないミレーユだった。

(そりゃ、公女様宛《あ》てのお手紙だから、時間をかけて丁寧《ていねい》に書いたけど。そんなに絶賛されるほど綺麗《きれい》な字だったかしら)

どこか腑《ふ》に落ちないものの、団長の推薦《すいせん》でもあるこのうまい話を断るわけはない。事情を説明している副長の後ろで、大人しく控《ひか》えていた。

「なるほど、清書係。それは助かりますよ、副長殿《どの》」

うなずきながら答えたのは、三十を少し過ぎたくらいの穏《おだ》やかそうな男性だった。室長、つまりこの書記官室の責任者らしい。

「先日、第二師団と第三師団にふたりも引き抜《ぬ》かれましたからねぇ。人手不足で困っていたんです。我々の仕事まで滞《とどこお》ってしまって」

「これからは第三級文書は彼に任せてくれ。それでかなり軽減されるだろう」

「わかりました。では指導官を決めないといけませんねぇ。彼、新入隊士でしょう?」

そう言って筆頭書記官はぐるりと視線をめぐらせる。整然と並んだ机、そのひとつずつに陣《じん》取《ど》っている書記官たちはいずれもまだ若い。そしてどこか緊張《きんちょう》しているようにも見える。

副長が来ているからだろうか?　そう思ったミレーユの耳に、刺々《とげとげ》しい声が飛び込んできた。

「サイラス!　古ルーブランク語の訳が間違《まちが》っているぞ!　どこに目をつけてるんだ!」

「はいぃっ!」

弾《はじ》かれたように青年がひとり立ち上がる。急いで奥へ向かった彼は、書類の束を抱《かか》えて戻《もど》ってきたが、席につかないうちからまた声があがる。

「ジェローム!　第一師団長宛ての文書はまだか!」

「すみませんまだですっ!」

「遅《おそ》い！　あと十秒で仕上げろ！」

「はっ、はひぃ！」

ジェロームと呼ばれた青年が涙目になった。彼の手元には何冊もの本が開いた状態でおいてある。おそらく調べ物をしながら作成する書類なのだろう。

「いやぁ、みんな働き者でして」

筆頭書記官が繕うように笑う。緊張感《きんちょうかん》あふれる現場を眺《なが》めていたイゼルスは、おもむろに口を開いた。

「指導官は彼に。団長からのご指名もある」

「えっ、……ラウールに、ですか」

少し困惑《こんわく》したような表情で言い淀《よど》んだ筆頭書記官は、仕方なさそうにそちらを見やった。

「ラウール、ちょっといいかな」

「室長、今大変忙《いそが》しいのですが、一体何のご用件で」

「副長がお見えだ。おまえにお話があるそうだ」

ラウールと呼ばれた彼は、そこで初めて副長の来訪に気づいたらしい。積み上げられた書物の山から銀髪《ぎんぱつ》の頭がひょこりとのぞく。

立ち上がってこちらへやってきた彼は、まだ二十代の前半くらいだろうか。初対面のミレーユにさえ一目でわかるくらい、仕事に対する真摯《しんし》で厳しい姿勢が表情に表れている。怪訝《けげん》そうな顔でやってきた彼はイゼルスに敬礼すると、その横にいるミレーユを見た。なんだこいつはと言いたげな目だ。

「ミシェルだ。今日付けでここに配属になった。新入隊士なので指導官が必要だ。それをおまえに任せたい」

簡潔なイゼルスの言葉に、ラウールが目を瞠《みは》る。

「指導官!? 俺……私がですか！」

「そうだが。何か不都合でも？」

信じられないという顔をして副長を見返し、彼はミレーユに目を移す。無遠慮《ぶえんりょ》にじろじろと観察した後、改まったようにまた視線を戻した。

「お言葉ですが、副長殿。このようにボンクラそうな新人の世話をしている暇《ひま》など、私にはありません。そんな無駄《むだ》な時間を持ちたくないのです」

（な……）

いきなりボンクラ呼ばわりされ、ミレーユは目を瞠った。

（何よ、この失礼な人は！）

「ご覧いただければおわかりでしょうが、ここはこのようなボンクラが生息していけるほど、のどかなところではありません。ただでさえ後輩《こうはい》たちを叱咤《しった》しながらの業務だというのに、この上ボンクラの面倒《めんどう》など任されては、書記官室は立ちゆかなくなります」

（さ……三回もボンクラって言われた……。ていうかボンクラそうな顔ってどんな顔!? 初対面のくせに、なんでそんなこと言われなきゃなんないのよ！）

かろうじて声には出さなかったものの、心の叫《さけ》びは顔に表れていたらしい。ラウールがちらりと見て嘆息《たんそく》する。

「加えてこの反抗《はんこう》的な態度。いくら補佐《ほさ》とは言え、選ばれし書記官職に就《つ》くにはふさわしくない。これまで通り雑用係にしておいたほうが賢明《けんめい》かと思いますが」

「ラウール、控えなさい。副長の前で」

筆頭書記官がたしなめるが、ラウールはまったく悪びれたそぶりがない。おそらく心底からそう思っているのだろう。

爆発《ばくはつ》寸前のミレーユに気づいているのかいないのか、イゼルスが冷静な顔で口を開く。

「おまえならやれると期待して指名されたんだ。団長命令がきけないのなら、おまえにこそ出ていってもらわねばならないが？」

その言葉に、ラウールが初めて怯《ひる》んだような顔になった。明らかに不満げな目をするが、それも新人の世話か退団かと迫《せま》られたのだから無理もないだろう。

「……了解《りょうかい》しました。指導官の任、お引き受けします」

渋々《しぶしぶ》といった様子でイゼルスに答え、今度は仇《かたき》でも見つけたかのような目つきでミレーユをにらみつける。

「役立たずに用はない。猫《ねこ》以下の労力だとわかったら、その時点で叩《たた》き出す。いいな」

堂々としたしごき宣言に、ミレーユも負けじと相手を見据《みす》えた。

(望むところよ！)

「よろしくお願いします！」

にらみ合うふたりの間に、激しい火花がほとばしるのを、他《ほか》の書記官の面々はこわごわと窺《うかが》っている。

ただひとり、他人事のように冷静だったイゼルスは、自分の役目は終わったとばかりに踵《きびす》を返した。

師団長室に戻ってきた副長を、ジャックは剣《けん》の手入れをしながら迎《むか》えた。

「どうだった。何か尻尾《しっぽ》を出したか」

イゼルスはしばし沈黙《ちんもく》し、ふと首をひねる。

「出したような、出さないような……」

「なんだよ」

「いえ、失礼しました。——書記官室に配属されて喜んでいるのは確かですね」

ふん、とジャックは満足げな顔になった。今では任務上めったに使うことのない剣を座ったまま掲《かか》げ、研《と》ぎ具合を検分する。

「剣筋はめちゃくちゃ、弓や槍《やり》の扱《あつか》い方もわかっていない、馬にも乗り慣れていないのが明らか……。本当にあれで間者が務まるのか？　敵ながら心配になったぞ」

「そうですね。しかしあれらもすべて、こちらを油断させるための芝居《しばい》かもしれません」

「ふむ。なかなかの役者だな」

ジャックは剣を収めると、肘掛《ひじか》けにもたれて椅子《いす》にゆっくり沈《しず》み込んだ。

「他に何か変わったことは？」

「特には。相変わらずテオバルトとその家人らと親しくしていますが、彼らは機密を知るような部署にいませんから、その点では問題ないかと。物置部屋に誰かを連れ込んで色仕掛《いろじか》けでたらしこむようなことも、今のところしていないようです」

「なんだ、はずれか。せっかく一人部屋にしたのになぁ」

つまらなそうにつぶやき、頬杖《ほおづえ》をついて副長を見やる。

「やっぱりおまえの考えすぎじゃないのか？　他の者と同じ部屋に寝泊《ねと》まりさせて寝首でもかかれてはいけない、というのはわかる。しかし、身体《からだ》を武器にして隊士を籠絡《ろうらく》するというのはさすがにないだろう。わざわざそんな女のような探《さぐ》り方をせずとも、他にもっと手っ取り早いやり方はあるだろうに」

「……」

「何だ？」

何か言いたげな冷たい眼差《まなざ》しを向けられ、ジャックは不審《ふしん》そうになる。いえ、と短く否定してイゼルスは話を続けた。

「男でもそういう手合いがいなかったわけではありませんよ。長い歴史を鑑《かんが》みれば……。用心に越《こ》したことはありません。隊内の公序良俗《こうじょりょうぞく》が乱れてはいけませんから」

「まあ、それもそうだな」

背もたれに寄りかかり、ジャックは背伸《せの》びついでに両の腕《うで》を頭の後ろに回した。

——思えば、最初から不自然といえば不自然だった。

川で溺《おぼ》れていたという少年をアレックスとロジオンが拾って来たときも、何か違和感《いわかん》があった。死にかけているのに捨て置けないからと保護したが、目を覚ますなり記憶喪失《きおくそうしつ》だと言い出す。あやしいことこの上ない。しかもものすごい勢いで入団志願までしてきたのだ。

まだそれだけなら、本当に身寄りのない少年が居場所を求めて——という線も考えられた。だがあのミシェルという少年は、明らかに何かを探っている。それは間違《まちが》いない。驚《おどろ》いたことにエルミアーナ公女にまで関《かか》わっているようなのだ。

一体何を探っているのか。誰《だれ》の命令で潜入《せんにゅう》してきたのか。そして、共謀《きょうぼう》者は誰なのか。

「他にも間者は必ずいる。あいつを見ていれば、あぶり出されると思ったんだがなぁ」

自分に見張りがついていることを、ミシェルは知っているのだろうか。なかなか尻尾を出さないのは、やはり気づいているからなのかもしれない。

「個人的に、ミシェルのことは少し気になるのですよ」

イゼルスが真顔で言い、ジャックは眉《まゆ》根を寄せて目線をやった。

「この前もそう言ってたが……一体どう気になるんだ?」

「……好物は、菓子《かし》だと言うのです」

「それがどうした」

「可愛《かわい》らしいと思いませんか」

ジャックはあんぐりと口を開け、恐《おそ》ろしいものでも見るような顔をした。

「おまえ、気になるって、そういう意味だったのか？　いかんぞ！　私の目の黒いうちは、私の隊内で不純同性交遊は許さん」

「違います」

冷たく否定するイゼルスをよそに、ジャックはううむと考え込む。

「よし、わかった。おまえが間違いを起こす前に、ミシェルに揺《ゆ》さぶりをかける。あちら側の間者だったら、やつのことは諦《あきら》めるんだ。いいな」

「いい加減にしてください」

苦情を無視して、彼はさらに考え込む。

七年前、自分の剣にかけた誓約《せいやく》。それを守るために、何としても今の地位を失うわけにはいかなかった。

第三章　夢みる公女様

　シアラン公国の貴色である深い青。それと同じ色の水をたたえた湖を抱《いだ》く宮殿《きゅうでん》で、彼は揺り椅子に腰《こし》かけて外を眺《なが》めていた。

　腹心の大臣が読み上げる報告書を聞き流しながら、アルテマリスから来《く》る花嫁《はなよめ》のことを考える。もう間もなくイルゼオンの離宮《りきゅう》に到着《とうちゃく》するはずだ。そこで歓迎《かんげい》式典が行われ、日を置かずにこの宮殿へ迎え入れることになっている。婚約《こんやく》式や披露《ひ》宴《ろうえん》など悠長《ゆうちょう》にやっている余裕《よゆう》はない。性急な日程におそらく花嫁はぐずるだろうが、顔を合わせたらすぐに妻にするつもりだった。傍《そば》付きの宮廷占い師《きゅうていうらない》もそれがいいと賛成している。

　ふいに大臣の声が途切《とぎ》れる。側近のひとりに何やら耳打ちされ、険しい顔をしてこちらへやってきた。

「——公女殿下《でんか》が失踪《しっそう》なさいました」

　ひそやかな報告に、彼は特に感慨《かんがい》もなく言い捨てる。

「捨て置け」

「それが、実は……」

さらに声をひそめて続けられた言葉に、さすがに彼の瞳《ひとみ》にも鋭《するど》さが宿った。近頃《ちかごろ》は大人しくしていると思っていたら、ここにきて実力行使に出たらしい。

彼はさほど間を置かずに命令をくだした。躊躇《ためら》いは微塵《みじん》もなかった。

「それほどまでにこの宮殿にいたくないのなら、二度と帰れないようにしてやれ」

「ですが、アルテマリスへの人質《ひとじち》の話はどうなさいます」

「別の者を代わりにやればよい」

簡潔で明快な策に、大臣は異議を唱えることはなかった。

「では、第五師団長宛《あ》てに報《しら》せを出しましょう。公女殿下はイルゼオンの離宮に向かわれたそうですので、ヴィレンス将軍にやらせます」

その案に、彼は反応すらせず、また無関心な顔になって蒼《あお》い湖を眺めるだけだった。

第五師団の書記官室に、怒号《どごう》が響《ひび》き渡《わた》る。

「ミシェル、第四師団宛ての三級文書はまだか！」

指導官となったラウールの声に、ペンを握《にぎ》って書類を作成中だったミレーユは手を動かしながら答えた。

「ま、まだです」

「遅《おそ》い！　あと三秒で仕上げろ！」

無茶苦茶《むちゃくちゃ》な指示が飛んできて、さすがに目を瞠《みは》って顔をあげた。

「無理です！　ていうか、頼《たの》まれたの二分前ですよ⁉」

言い返した後で、しまったと口をつぐむ。無理という言葉はここでは通用しないのだ。特にこのやかまし屋の先輩《せんぱい》書記官の前では。

「ほーお。無理か。やる前からそんなにやる気のないやつはいらん。帰れ！」

雷《かみなり》が落ちて、周囲で作業をしていた他《ほか》の書記官らが首をすくめる。自分が怒《おこ》られた時のことを思い出しているのか、この新人も気の毒に、という視線が集まるが、ミレーユは顔もあげずに言い返した。

「すみませんでした！　すぐ持っていきます！」

任されたのは、主に他師団へ宛てた書簡の清書業務だ。一から書類を作るわけでもなく、あらかじめ用件を箇条書《かじょうが》きにした書面を指示通りに文書に起こすだけだから、他の書記官の仕事に比べたらごく簡単である。それで無理などと言っていてはさすがに情けない。

筆跡《ひっせき》の綺麗《きれい》さを買われての配属だからと、なるだけ丁寧に書くよう心がけて、出来上がったものを持って立ち上がる。

「ラウール先輩、出来ました！」

揚々《ようよう》と差し出すが、冷たい声が返ってきた。

「遅い！　もういらん」

「な、何でですかっ」

「自分で作った。おまえがちんたらやっている間にな。三十秒もかからず作れるものを、おまえは一体何分かけてやってるんだ？」

嫌味《いやみ》たらしく言われ驚いて見れば、確かに彼の手元にはミレーユが作ったものと同じ書類がある。彼は他の書類を作っていたはずなのに、いつの間にかそれも作っていたようだ。

「せっかく作ったのにっ、これじゃ二度手間じゃないですか！」

「口答えするな！　おまえが無能だからいかんのだろうが」

無能呼ばわりされて、さすがにカチンときた。書類の出来が悪くて叱《しか》られるのならまだしも、それを見もせずにそんなことを言われるのは理不尽《りふじん》だ。

「一生懸命《いっしょうけんめい》作ったんですけど⁉」

たまらず抗議《こうぎ》すると、じろりとにらまれた。

「馬鹿《ばか》かおまえ。おまえの気持ちなんか必要ない。いかに美しく素早《すばや》く、そして量をこなせるか。求められるのはその能力だけだ。それを出来ないやつが文句を言うな」

冷ややかに切り捨てられ、冷笑《れいしょう》される。

「おまえにはバケツを鳴らして騒《さわ》いでる役目がお似合いなんだよ」

「……！」

馬鹿にされたのがわかって、ミレーユは猛烈《もうれつ》に頭に来た。いつもなら怒りのままに張り倒《たお》すところだが、今はそういうわけにはいかない。ぐっと堪《こら》えて口を開く。

「じゃあ、次の仕事をください。次からは速く仕上げるようにしますから！」

「そうかそうか」

ラウールは傍に積んでいた書類の束をひょいとつかみ、ミレーユに押しつけた。

「五分で仕上げろ」

「ごっ……⁉」

明らかに五、六十枚はある。できるわけないだろうと抗議しようとしたら、皮肉な笑《え》みが返ってきた。

「できないのか？　俺なら三分でやれるぞ」

勝《か》ち誇《ほこ》った顔で言われて、腹の底から負けん気がこみあげてくる。ミレーユはそれを引っつかんだ。

「わかりました。やります！」

ふん、と鼻で笑われる。それを背に、めらめらと瞳にやる気をたぎらせてミレーユは席に駆《か》け戻《もど》った。


その夜。自室へ戻ったミレーユはぼふぼふと枕《まくら》を殴《なぐ》りまくっていた。

（き――っ、むかつく――――‼）

あの後、結局五分で六十枚の書類を仕上げることはできず、これでもかというくらいの嫌味を浴びせられたのである。しかしやると言っておきながら出来なかったのは事実で、一言も言い返すことができなかった。

(なんなの、なんなのよあの嫌味ったらし！　腹立つぅぅ――!!)

ラウールが単なる性格の悪いだけの先輩なら、たぶんこれほど腹が立つことはなかっただろう。彼が口先だけでなく仕事もできる男だから、文句の一つも言える隙《すき》がなくてそのぶん腹立ちが募《つの》るのだ。

彼は、他の者をしごきまくるだけの仕事はやっている。有能だと言って間違《まちが》いないだろう。だから仕事ができない自分はやり返せない。けれど腹が立つものは腹が立つ。

(先輩に堂々と対抗《たいこう》するのは、言われたことを完璧《かんぺき》にやれるようになってからだわ)

寝台《しんだい》に突《つ》っ伏《ぷ》していたミレーユは顔をあげ、はあはあと息をはずませながら考えた。

書記官室を追い出されるわけにはいかない。せっかくつかんだ好機なのだ。まだ何も秘密を握っていないのに、冗談《じょうだん》じゃない。書記官室が無人になるのを狙《ねら》って書類をのぞき見れば、手っ取り早く情報を探《さぐ》れるはずなのだ。

そのためには、何が何でも書記官室に居続けなければならない。あのラウールに認めさせてやらなければ。

(よぉし……！)

急いで起き上がり、机に向かう。書記官室で一番簡単だという清書係。それを完璧にこなせるようになるため、「美しく素早く」と唱えながらミレーユは書類作成の練習に没頭《ぼっとう》した。

翌朝。速記の練習に励《はげ》みすぎて寝不足《ねぶそく》でいるミレーユは、朝食もなかなか喉《のど》を通らずぼんやりしていた。

「朝は食べろよ、ミシェル。ラウール先輩のことで気が重いのはわかるけど。また今日一日つき合わないといけないんだ。体力が保《も》たないぞ」

向かいに座ったアレックスが心配そうに言ってくれる。彼も若いながら書記官室に勤めるひとりだから、連日しごかれているミレーユの事情はよく知っている。ラウールの厳しい指導に落ち込んでいると思っているようだ。

「身体《からだ》をこわしたら元も子もない。転属できるよう僕から団長に話してやろうか？」

よほどひどい顔をしていたのか、彼は親切にもそう申し出た。ミレーユははっとして匙《さじ》を握り直した。

「いや、ありがとう、大丈夫《だいじょうぶ》。ぼく、書記官室が大好きだから、あそこにいたいんだ」

「そうか……？　でも、見てるほうがはらはらするんだけど」

「ごめん。これからは心配かけないよう気をつけるよ」

「……ま、君がそう言うならいいけどさ」

彼はなおも気になるような顔をしながら食事を続けた。最初に会った時から常に面倒見《めんどうみ》のいい彼に、ミレーユは不思議に思って訊《たず》ねてみた。

「アレックスって、いつもぼくを気にかけてくれてるよね。どうして？」

途端、ぴくっ、とアレックスは動きを止めた。

やがて彼は眼鏡《めがね》をきらりと光らせ、匙を置いた。

「いつか打ち明けようと思っていたんだ……」

「え。な、何？」

あらたまったように切り出され、何事かとこちらも匙を置く。アレックスはしばらく間を置いてから思い詰《つ》めたように口を開いた。

「君と僕って似てると思うんだ。それで僕は勝手に君に親近感を持ってる」

「似てるって……、どこが？」

黒髪《くろかみ》に藍色《あいいろ》の瞳《ひとみ》の彼とは身体的特徴《とくちょう》も違《ちが》うし、見るからに勉強が出来そうな優等生という感じで、そこにも共通点はない。不思議に思って見ていたら、彼は眼鏡をくいっとずりあげた。

「気を悪くしないでほしいんだけど……、君、すごい女顔だから」

思いがけないことを言われ、ミレーユは一瞬《いっしゅん》ぽかんとなった。女だから女顔なのは当然だ。しかし、もしや女だと疑われているのかと気づき、内心緊張《きんちょう》する。

アレックスはどこか暗い顔をして虚《うつ》ろな目になった。

「僕もさ……、ご覧のとおり女顔だろ？　この顔のせいで、小さい頃《ころ》からからかわれたり嫌《いや》な思いをしてきてさ……、きっと君もその顔のせいで同じような思いをしてきたのかと思うと、つい共感してしまって。だからほっとけないんだ」

よほど嫌な目に遭《あ》ってきたのか、今にも死にそうな顔つきをしている。それをまじまじと見つめ、ミレーユは首をひねった。

「全然思わないけどな、女顔とか……。むしろ普通《ふつう》に男の子の顔だと思うよ」

すると、アレックスははっとしたように顔をあげた。その目にみるみるうちに感動したような色が満ちる。

「やっぱり君ならわかってくれると思った！　思い切って打ち明けてよかったよ」

いつになくはしゃいだ様子で手を差し出す彼に、ミレーユは面食《めんく》らった。

「僕たち、女顔同盟を結ぼうぜ！　この顔を馬鹿にするやつがいたらふたりで叩《たた》きのめそう！　僕たちは盟友だ、これからもよろしく！」

激しく握手《あくしゅ》を求められ、ぶんぶんと腕《うで》を振《ふ》られる。

（あ、あれ……、まともな人だと思ってたけど、アレックスってなんかちょっと変……？）

女顔同盟など聞いたことがない。それだけ彼にとっては劣等《れっとう》感を刺激《しげき》されることなのだろうと、ミレーユはたじろぎながらうなずいた。

同盟を結んで満足したらしい彼は、ふっといつもの冷静な顔に戻って話を続けた。

「気にかけていると言えばさ。君はロジオンと何か特別な関係でもあるのか？」

思わぬ名前を出され、ミレーユは目をぱちくりさせた。

「ないよ、どうして？」

「いや……、彼、君のことを気にしてるようだから。いつも君を目で追ってるし」

「は……？」

ロジオンと言えば、最初にミレーユを川から引き上げてくれた黒髪短髪《たんぱつ》の彼だ。耳飾《みみかざ》りを持ち運ぶ小さな袋《ふくろ》をくれたり、洗濯《せんたく》を手伝ってくれたこともある。だがテオと舎弟《しゃてい》たちにまとわりつかれるようになって以降は、特に親しく話をしたことはない。

「気をつけろよ。彼、君に邪《よこし》まな思いを抱《いだ》いてるのかもしれない」

「邪ま、って？」

「狙われてるってことだよ」

「⁉」

ぎょっとしてミレーユは目を瞠《みは》る。そんな馬鹿《ばか》なと思いつつ視線をめぐらせると、離《はな》れた席にいたロジオンとちょうど目が合ってしまった。さっと目をそらされて、思わず汗《あせ》が浮《う》かぶ。

（まさか、ロジオンには女だってばれてる⁉　ばれてないとしても、男として男に狙われてるってことに……！）

「心配するな。彼の指導官は僕だから、君を毒牙《どくが》にかけようとするなら必ず止めるから」

力強く言われたが、ミレーユは引きつるばかりだ。そうか、そんな世界もあるのだと呑気《のんき》に感心している場合ではない。

「誰《だれ》が毒牙にかかるって？」

陽気な声が降ってきて、いきなりがしっと肩《かた》に手を回された。びっくりして顔を向けると、団長のジャックがにこやかに肩を組んでいる。

「どうした、少年。顔色が悪いぞ。悩《なや》みでもあるのか？」

「え、いえ、別に」

「ふうん。——そうだ、肩車してやろうか？」

何が『そうだ』なのか、ジャックは楽しげに提案して軽《かろ》やかに片目をつむってみせる。ミレーユは面食らって瞬《またた》いた。

「い、いえ、結構です」

「遠慮《えんりょ》するなよ！　私はいわばおまえたちの父親代わりなんだからな。求められれば肩車でも恋《こい》の相談でも何でもやってやるぞ」

わははは、と顔に似合わぬ豪快《ごうかい》な笑いを放ち、彼は思い出したように視線を戻した。

「そうだ。今日はおまえに特別任務がある」

「え——何ですか？」

魅惑《みわく》的な響《ひび》きに思わず身を乗り出すと、その勢いにジャックは少しの間ミレーユを見つめ、また笑顔《えがお》になって続けた。

「この前、公女殿下に返事を出しただろう。あれから再三おまえに会いたいと手紙が来ていてな。今日の午後からふたりで茶会がしたいと言っておられるんだ。お付き合いしてこい」

思わぬ台詞《せりふ》に、ミレーユの胸がどきっと鳴る。あれきり何も言われなかったので半ば諦《あきら》めかけていたが、ついにその好機がやってきたらしい。

「ああ、あの失踪《しっそう》公女ですか」

あまり興味がなさそうにひとりごちるアレックスに、ミレーユは首を傾《かし》げた。

「何それ？」

「公女殿下のあだ名。家出が趣味《しゅみ》で、すぐいなくなるんだよ。今回のもそうだろ」

「こらこら。いかんぞ、主家の姫《ひめ》君をそんなふうに揶揄《やゆ》しては。若い時ってのはやたらと家出をしてみたいものなんだ」

したり顔でジャックがたしなめるのを聞きながら、ミレーユは早くも午後の茶会へと思いを馳《は》せた。

ここへ潜《もぐ》り込んでからというもの、重要部署である書記官室に配属されたり、公女と知り合いになれたりとつきまくっている。少しだけ、うまく行きすぎている気もしたが、せっかくの好機だ。及《およ》び腰《ごし》になって逃《のが》したくはない。

自分に言い聞かせ、ミレーユはやる気を取り戻《もど》してパンにかじりついた。


エルミアーナ公女に招待されたのは、温室にもうけられた四阿《あずまや》だった。

「残念だわ。わたくしのお付きになっていただけないなんて。でもミシェルもお仕事ですもの、仕方がないわね」

頬《ほお》に手を当て、伏《ふ》し目がちにため息をつく彼女に、ミレーユはおずおずと笑いかけた。

「申し訳ありません。でも、たまにお話し相手をするだけならかまわないと、団長から了承《りょうしょう》も得てますから」

「ええ！　またこうして、わたくしとあなたとフェリックスの三人で、楽しくお茶を飲みましょうね」

楽しげにうなずく彼女の隣《となり》の席には、猫《ねこ》のフェリックスがかったるそうな顔で座らされている。それを苦笑《くしょう》して眺《なが》め、ミレーユはあらためて公女に視線を戻した。

彼女の存在を知って以降さりげなく聞き込みをしておいたので、大体の情報は知っているつもりだ。前大公の第三公女エルミアーナは、ギルフォード現大公と唯一《ゆいいつ》生母が同じ妹である。年齢《ねんれい》は十六歳だから、二十代後半の大公とは年の離れた兄妹《きょうだい》ということになる。

彼女の髪《かみ》は灰色がかったような珍《めずら》しい薄茶色《うすちゃいろ》をしていた。おそらくはもともとまっすぐな髪を毛先だけくるくると巻いている。両脇《りょうわき》の髪を飾《かざ》り留めで上げており、そのせいで髪の先が肩《かた》先《さき》や背中ではねて愛《かわい》らしい印象を与《あた》えていた。

実際、彼女は顔立ちも可愛らしかった。優《やさ》しげな目鼻立ちの線もぱっちりとした大きな空色の瞳《ひとみ》も魅力《みりょく》的だったし、権謀《けんぼう》うずまくシアラン宮廷《きゅうてい》で育ったとはとても思えないほど雰囲気《ふんいき》もおっとりしていて、『深窓の姫君』という賛辞がぴったりはまる。その分、年齢より少し幼いような感じがした。

「――あの、公女殿下」

お茶を勧《すす》められたのをきっかけに、まず最初に疑問だったことを聞いてみることにする。

「どうしてわたしをお付きに指名されたんですか？　たった一度お会いしただけなのに、それが不思議で……」

「それはね。あなたに恋人《こいびと》になってもらおうと思ったからなの」

「ははあ、恋人に……、って、えっ⁉」

にこにこしながら即答《そくとう》した公女を思わず凝視《ぎょうし》する。まさか彼女もリディエンヌと同じで男装の女性が好きなのかとちらりとよぎったが、彼女にはまだ女だと知られていないはずだ。となると男として気に入られているのだろうか。

「えと……、それは、なぜですか？」

おそるおそる訊《たず》ねると、エルミアーナは胸の前で両手を組み、陶酔《とうすい》の表情で目を閉じた。

「あの時、わたくしの身体《からだ》を稲妻《いなずま》が駆《か》け抜《ぬ》けたの。運命の恋人に出会ってしまったという喜びと、同時になぜだか切なさがこみあげたわ。あれから部屋へ戻ったわたくしは、その胸の痛みに耐《た》えきれず、泣いてしまったの……」

「えぇっ、そ、そんな」

時間にしたらわずか一分足らずの出会いで、たいした言葉も交《か》わしていないというのに、なぜだか公女様を泣かせてしまったらしい。

「姫様、ちゃんと事情をお話ししてさしあげてくださいませ。ミシェルさまが困っていらっしゃいますわ」

傍《そば》に付き添《そ》っている侍女《じじょ》が苦笑しながら口を挟《はさ》み、自分の世界に浸《ひた》っていたエルミアーナは我に返ったように顔をあげた。

「ああ、そうだったわ。ごめんなさいね、ミシェル。正確に言うとね、わたくしと恋人ごっこをしてほしいの。わたくしは公女だから姫で、あなたはわたくしに恋《こ》いこがれるよその国の王子様なの。わかるかしら？」

「……ええと、つまり、見せかけだけの恋人で、そういう遊びをしようってことですよね」

「ええ、そうなの」

嬉《うれ》しげにうなずき、エルミアーナは続ける。

「わたくしね、もうすぐ大公殿下《でんか》のご命令でお嫁《よめ》に行くことになっているの。アルテマリスに行くのよ」

「——え」

「ああ、一体どんなすてきな方なのかしら。早くお会いしたいわ……アルフレートさま」

夢見るような眼差《まなざ》しでとんでもないことを言われ、ミレーユは危《あや》うく茶を噴《ふ》きそうになった。

(なっ……エルミアーナさまがジークと!?　何それっ、聞いてないわよ！)

目を剝《む》くミレーユをよそに、エルミアーナは恥《は》ずかしげに頰をそめている。

「黄金の薔薇《ばら》とうたわれるくらいですもの。きっとまばゆいばかりにお美しい方なんだわ。金《きん》髪《ぱつ》だとうかがっているし、わたくしの理想の王子様——」

「ちょ、ちょっと待ってくださいっ」

慌《あわ》ててミレーユは遮《さえぎ》った。どこで吹《ふ》き込まれたかは知らないが、彼女はどうやらジークに多大なる間違《まちが》った夢を抱《いだ》いているようだ。しかも嫁《とつ》ぐ気満々らしい。冷静に、事実を教えてやらねばならない。

「ジー……いえ、アルフレート殿下には、リゼランド王国からいらした婚約者《こんやく》がいらっしゃるんですよ。ハーレム作るとか言ってる浮気者《うわき》だし、やめたほうがいいです！」

小声で訴《うった》えると、彼女はきょとんとして瞬いた。

「ええ。だから、第二王妃《おうひ》として迎《むか》えていただけると聞いているわ」

「ちょっ……、いいんですか、それで！　他《ほか》に奥さんがいる人と結婚《けっこん》なんて」

「まあ、ミシェル……！」

エルミアーナは感極《かんきわ》まったように目をうるませた。

「あなたったら、なんて純粋《じゅんすい》なの。異国に嫁ぐわたくしを心配してくれるのね。あなたを王子様に選んでよかったわ」

「そうじゃなくて、第二王妃の件ですっ」

「あら、だって。わたくしのお兄様も、四人もお妃《きさき》をお持ちなのよ。王室の長《おさ》が複数の妻を持つのは普通《ふつう》でしょう？」

「……や、でも」

「その上お兄様ったら、次はアルテマリスからお若い姫君を娶《めと》られるそうだし。その姫君をいただくには、シアランからも誰《だれ》かを差し出さなければいけないのですって。わたくしの他に姫

「はいないもの」

当然のようにそう言って、少し恥じ入るように頬を染める。

「いけないわ。こんなふうに花嫁《はなよめ》同士を交換《こうかん》するような言い方をしたら、叱《しか》られてしまうわね。内緒《ないしょ》にしてちょうだいね、ミシェル」

　ひそひそとお願いされたが、ミレーユはそれどころではなかった。

　シアラン大公は、ミレーユに結婚を申し込んできただけではなく、自分の妹をアルテマリスに嫁がせるつもりなのだ。第二王妃と言うが、これはつまり交換条件の人質《ひとじち》ということではないだろうか。二重の結婚が成立すれば、両国の絆《きずな》は一層強く結ばれるだろう。そうなればリヒャルトの立場は一体どうなるのか。

(冗談《じょうだん》じゃないわよ、そんなことさせるもんですか！　ギルフォードの野郎《やろう》、どこまで悪知恵《わるぢえ》働かせれば気がすむのよっ。ていうか四人も奥さんいるの!?　どの面さげてあたしに求婚してきやがったのよ！)

　腹を立てるあまり身体が熱くなるほどだったが、呑気《のんき》に猫と戯《たわむ》れているエルミアーナを見たら少し頭が冷えた。

(エルミアーナさまは、全然気にしてらっしゃらないみたい……。王家に生まれた方にとって、国のために自分が犠牲《ぎせい》になるのは当然のことなのかしら。——だからリヒャルトも危険を承知で帰っちゃったのかな……)

　子どもだったリヒャルトをシアランから逃《に》がすため、たくさんの人が命を落としたという。

そして今も多くの人たちが彼の帰還《きかん》を待っているのだと。

そのために、彼は安全な居場所を捨てて、危険な故郷へ帰ってしまった。生まれた時から大公になることが決まっていたのだと言った彼の決意が、ミレーユにはうまく理解できない。

(リヒャルトの言うことがわからないのは、あたしが呑気な下町育ちだから……?)

以前、彼に言われた「住む世界が違《ちが》う」という言葉。冷たいことを言うなとあの時は怒《おこ》ったのに、今はその言葉が頭から離《はな》れない。

「そういうわけでね、ミシェル。わたくし、お嫁に行く前に、恋《こい》というものがしてみたいの」

エルミアーナの弾《はず》んだ声に、ミレーユは現実に引き戻された。

「ああ……。それで恋人ごっこなんですね」

「そうなの。物語のような恋がしたいの。白馬の王子様に迎えに来てほしいのっ!」

無邪気《むじゃき》に言い張る彼女を微笑《ほほえ》ましく思っていいのか、それとも自由に恋愛《れんあい》もできないなんてと気の毒がっていいのか、複雑な思いでミレーユは微笑んだ。

「でも、それなら王子様にふさわしい人が他にいるんじゃ……。もっと背が高かったり、大人びて落ち着いてる人のほうがいいんじゃないですか?」

「まあ。そんな人に心当たりなんてないわ。誰のことを言っているの?」

「え? うーん、と、うちの団長とか副長とか」

苦し紛《まぎ》れに例を出すと、エルミアーナは目をぱちくりさせた。

「あら。物語に出てくる王子様は、総じて金髪だと決まっているのよ? 瞳の色はあざやかで美しく、顔立ちは中性的で、体つきもしなやかで、一見すると女の人みたいに綺麗《きれい》なの。けれど、姫《ひめ》を抱きしめる腕《うで》はたくましくて力強いの。すべてあなたに当てはまるわ」

「はぁ……そうですか」

腕がたくましいというところが引っかかり、ミレーユはううむと眉根《まゆね》を寄せる。――少し洗《せん》濯《たく》業務に力を入れすぎたのだろうか。

だが他の点に関しては概《おおむ》ね同意だった。ミレーユの知る『王子様』という人も、その特徴《とくちょう》にほぼ当てはまる。

(そう言えば、ヴィルフリートさまはお元気かしら。セシリアさまもお寂《さび》しいだろうな……)

アルテマリスの人々を思い出し、感傷的な気分になりながら、ふと気がつく。

(そうだ。セシリアさまとエルミアーナさまって、姉妹なんだ……)

物語のような恋がしたいと夢見るエルミアーナと、特定の『王子様』について乙女《おとめ》日記を日々書きつづるセシリア。乙女的な願望が思い切り外に出ているか、内に向かっているかという違《ちが》いはあれど、どちらも女の子らしく可愛《かわい》らしいところは似ている。歳も近いし、もしセシリアが何事もなくシアランにいたら、きっとものすごく気の合う仲良し姉妹になっただろう。

「ねえ、ミシェル。わたくしの王子様になってくれる?」

屈託《くったく》のない瞳《ひとみ》でまっすぐ見つめられ、ミレーユは我に返って微笑んだ。

「はい。わたしでよければ、喜んで」

「うれしい！　ありがとう、ミシェル」

声をはずませたエルミアーナは、にこにこしながら侍女を見る。心得たようにうなずいた侍女は、すっと何かを取り出して公女に渡《わた》した。薄《うす》い本のようなそれを、ミレーユは首をかしげて眺《なが》める。

「じゃあ、これを明日までに読んできてちょうだいね」

「え」

「わたくしね、一度でいいから、波打ち際《ぎわ》で追いかけっこというものがやってみたかったの！」

にっこりと笑《え》んで公女が差し出したそれには、『王子様との恋人ごっこ計画』と表紙に書かれている。

——やっぱりエルミアーナさまってセシリアさまと似てる、とミレーユは再認識《にんしき》した。


イルゼオンの離宮《りきゅう》は、宮殿《きゅうでん》の裏手に広大な野原と林が広がっている。

野原には、離宮の外を流れる川から支流が引かれている。上流で降ったという雨のせいでいつもよりやや水かさは増しているが、それでも膝元《ひざもと》にすら届かないほどの水深だ。

その支流のもっとも浅瀬《あさせ》。きらきらと水しぶきが反射する中、少女は楽しげに駆《か》けていた。

「ウフフフ……、捕《つか》まえてごらんなさーい」

ドレスの裾《すそ》をからげ、裸足《はだし》でちゃぷちゃぷと水を撥《は》ねながら走るのはエルミアーナだった。

さすがに海辺での決行は断念したものの、念願の『水際で追いかけっこ』を只今満喫中《ただいままんきつちゅう》である。

「あははは、待てよー」

同じく裸足になってズボンの裾をまくりあげたミレーユも、彼女を追って浅瀬を走る。ここで重要なのは、追いつきそうで追いつかない速度と距離《きょり》を保つことだ。雪解け水が予想外に冷たいわ、などということは考えてはいけない。

「ウフフ、それー」

足を止めて振《ふ》り返ったエルミアーナが、両手ですくった水をミレーユに向けて飛ばす。

「やったなー、こいつぅ」

冷たっ！　と内心叫《さけ》びながらも、ミレーユは笑顔で応対した。王子様は姫に水をかけられてもやり返してはならないのだ。

そうしてひとしきり水遊びを楽しむと、エルミアーナは一休みしましょうと提案してきた。

「ふー……。楽しかったわね、ミシェル」

満足げに息をつく公女に、ミレーユも額をぬぐいながらうなずいた。

「ええ、とっても」

「またやりましょうね」

川べりのやわらかい草地にしつらえられた席に腰《こし》をおろし、ふたりは並んであたりの景色《けしき》を眺めた。遥《はる》か遠くに見える山の稜線《りょうせん》、少しだけ鈍《にぶ》い色をした冬の空。侍女《じじょ》たちやミレーユのお目付け役として随行《ずいこう》している副長のイゼルスは離れて控《ひか》えているため、こうしているとまるきりふたりの世界だ。

本物の恋人同士も、こんなふうに肩《かた》を寄せ合って語り合ったりするのかしらと考えていると、横顔を見ていたらしいエルミアーナがふと口を開いた。

「ねえ。ミシェルは、わたくし以外にも恋人がいるの？」

「えっ？」

こんな会話、『恋人ごっこ計画』に載《の》っていただろうかと戸惑《とまど》って見返すと、「これはごっこ遊びじゃないわ。実生活でのことを知りたいの」と迫《せま》られた。

「いえ、いません」

「ほんとう？　じゃあ、好きな人はいるの？」

途端《とたん》、ひとりの人物が脳裏《のうり》をよぎり、油断していたミレーユは慌《あわ》てて首を振った。

「い、いませんよ、そんな」

「照れないで。ほんとうのことを教えてちょうだい。あなたに好きな相手がいることなんて、とっくに調べがついているのよ？」

「えっ！」

いつの間に、と驚《おどろ》くミレーユに、エルミアーナは少し切なそうに胸に手を当てた。

「だってあなた、時々すごく寂しそうな顔をして考えこんでいるでしょう？　殿方《とのがた》がそういう顔をなさるときは、愛する人のことを想《おも》っているときだと、世界の常識で決まっているもの」

彼女独特の乙女理論を展開され、ミレーユは思わず目をそらして弁解する。

「そ、そんなんじゃないですってば。ただ、元気かなとか、無事でいるかなとか、今なにしてるのかなとか、そういうのを考えてただけで……」

「ということは、その方とはあまり会えない状況《じょうきょう》なのね？」

「ええ、まあ……。どこにいるのかもわかりませんし」

シルフレイアの城で会った最後の日から、今日でもう何日が過ぎただろう。当然リヒャルトもシアラン国内に入っているはずだが、大公に対抗《たいこう》できる何かをつかむことができただろうか。

（あたしも、早く何かをつかまなきゃ。そして、これと一緒《いっしょ》に届けに行かなきゃ……）

首から下げた耳飾《みみかざ》りの入った袋《ふくろ》に、服の上からそっと触《ふ》れる。

聖誕祭の夜、彼に直接つけてもらったもの。それ以降は誰《だれ》にも触《さわ》らせていないし自分でも直《じか》には触っていない。まるであの夜のままリヒャルトの温《ぬく》もりが残っているかのような、そんな都合のいい錯覚《さっかく》をしてしまう。

思わずため息をついたら、急にエルミアーナが勢いよく腕にしがみついてきた。

「かわいそうなミシェル！　辛《つら》い恋《こい》に悩《なや》んでいるのね。わたくしが相談に乗ってあげるから、恋のお相手のことを包み隠《かく》さず話してみてちょうだい」

「や、だ、だから、そういうんじゃありませんからっ。ていうかエルミアーナさま、わたしと恋人ごっこをしてるのに、そういう相談に乗ってもいいんですか？」

「まあ、ミシェルったら。それとこれとは別腹に決まっているでしょう。恋にそんな野暮《やぼ》な縛《しば》り事は存在しないのよ？」

あくまでも『恋に悩むミシェル』と思いこみたいらしい公女の主張に、ミレーユは困った顔で黙《だま》り込んだ。本当の自分からかけ離《はな》れた性格設定をされて、どうにも居心地《いごこち》が悪い。

「そんなに照れるのなら、どんな人なのか当ててみようかしら。そうね……、きっとその方の髪《かみ》は黒か金色ね。瞳の色は翠《みどり》か青。ひょっとしたら紫《むらさき》かしら？　ね、そうでしょう」

指を唇《くちびる》にあてて考え込んだ彼女は、やがて自信満々な目をして見上げてくる。明るい茶色の髪と鳶色《とびいろ》の瞳を思い出し、ふふっとミレーユは笑った。

「はずれです」

「えっ。変だわ、物語に出てくる王子が恋する姫君は、総じてそんな外見だと決まっているのに！　わたくしの推理がはずれるなんて」

「いえ、ですから、恋する姫君《ひめ》とかじゃなく……姫……、ま、とにかく、そういう関係の人じゃないんですっ」

つい公女様相手にむきになってしまうと、エルミアーナは楽しげに笑った。

「ふふ、わかったわ。秘密の恋のお相手なのね。みんなには黙っていてあげる」

悪戯《いたずら》っぽく見上げてきた彼女は、そこで急に咳《せ》き込んだ。よく見ると顔色が少し悪い。すぐさま駆けつけてきた侍女たちが、公女の顔色を見て遊びの中止を言い渡した。エルミアーナは抵抗《ていこう》したかったようだが、それほどの体力もないようだった。

「ミシェル、また遊びましょうね」

去り際、それだけ言って微笑《ほほえ》んだ彼女の顔色は白かった。急に様子が変わったのを見て気をもむミレーユのもとに、お目付役の副長がやってくる。

「ご苦労だったな。帰るぞ」

「あの、エルミアーナさまって、もしかしてどこかお加減が悪いんですか？」

「お身体《からだ》があまり丈夫《じょうぶ》でないんだ。それでこのイルゼオンに療養《りょうよう》に来ていらっしゃる」

素っ気ない言葉に、ミレーユは少しうろたえた。そんなことも知らずに水遊びなどしてしまったが、彼女は本当に大丈夫《だいじょうぶ》なのだろうか。

落ち着かないでいるのをちらりと見やり、イゼルスは付け加えた。

「さっき報《しら》せが来た。おまえに客だそうだ」

「……客？」

「金髪《きんぱつ》の派手な美女だそうだが」

「……」

しばし考え、それが誰か思い当たったミレーユは目を見開いた。


久々の再会は、強烈《きょうれつ》な一撃《いちげき》で幕を開けた。

「このバカチンが――――っっ!!」

顔を合わせるなりいきなりゲンコツをくらわされ、ミレーユは涙目《なみだめ》で悲鳴をあげた。

「いったぁ――!!」

「このボケがっ、今までどこほっつき歩いてたのよっ！」

鬼《おに》のごとき形相で拳《こぶし》を震《ふる》わせているのは、ローベリーの街で別れたきりのルーディである。

宿舎の食堂で待っていた彼は、人目も気にせずミレーユを怒鳴《どな》りつけた。

「あー、もしもし。お嬢《じよう》さんはこのミシェルとどういったお知り合いなので？」

突然《とつぜん》現れた魅惑《みわく》的な美女に興味津々《きようみしんしん》の騎士《きし》たちを押さえ、代表して団長が訊《たず》ねる。ルーディは憤然《ふんぜん》としてそれに応《こた》えた。

「この馬鹿《ばか》はわたしの弟よ。お世話になったようでどうもご苦労様」

「ミシェルの姉さん……」

周囲がざわめく。ジャックは軽く腕《うで》を組み、笑《え》みを浮《う》かべて首を傾《かし》げた。

「お姉様でしたか。それはよかった。彼は記憶喪失《きおくそうしつ》で、自分がどこの誰かもわからんと言っていましてね。よろしければ素姓《すじよう》を教えていただきたいのだが」

「アルテマリスの北から兄貴を頼《たよ》って出てきたの。けど兄貴は行く先も言わずに引っ越《こ》しちゃってて、それにショックを受けて川に身投げしたのよ。馬鹿でしょ」

すらすらと嘘をついて、ルーディはミレーユの首根っこをつかんだ。

「詳《くわ》しく話をする前に、ふたりきりにしてくれる？　説教してやりたいから」

そう言って、呆気《あっけ》にとられている騎士たちを置いて食堂を出ようとする。その前に、ぱっと誰かが飛び出した。

「待ってください！」

叫《さけ》んだのはテオである。彼はがばっとその場に座り込んで手をついた。

「アニキの姉上様にご挨拶《あいさつ》を。オレ、一番弟子《でし》のテオバルトっす。よろしくお願いします、姉上様！」

「よろしくお願いします！」

すかさず集まってきた舎弟《しゃてい》たちがテオの後ろに跪《ひざまず》く。二十数人もの男たちに土下座され、ルーディは啞然《あぜん》として顔を引きつらせた。

「アニキとか舎弟とか、あんたいい加減にしなさいよ、ほんと」

三階の物置部屋でふたりきりになると、ルーディは呆《あき》れかえったように言い放った。

「馬車ごと消えてどこに行ったかと思えば……こんなところで満喫《まんきつ》してんじゃないわよ」

床《ゆか》に座ったミレーユはしゅんとしてうつむく。

「ごめんなさい……心配かけて」

「わかってんなら、さっさとここを出るわよ」

「それはだめ！」

はっと顔をあげ、ミレーユは叫ぶ。ルーディが捜《さが》しにきてくれたことは心底嬉《うれ》しかったが、このまま一緒にここを出ることはできない。

「ここで調べたいことが山ほどあるの。きっともう少しすれば手がかりがつかめると思うから。

ていうか、絶対つかんでみせるわ」

熱心に訴《うった》えるのを見て、ルーディはひとつ息をついた。

「リヒャルトに関係のあること？」

「ええ。この騎士団にいればシアラン側の事情を探《さぐ》れる。しかも今、宮殿《きゅうでん》や他《ほか》の軍隊からの書類を見られる部署にいるのよ。まだ入ったばっかりで勝手がわからないけど、そのうちこっそり家《や》捜《さが》ししてみようと思って」

書記官室に配属されてからひそかにたてていた計画だった。どの時間帯なら人目がないか、鍵《かぎ》を持っているのは誰か——まずはそのあたりから観察して策を練っている。

「あんたね、簡単に言うけど、ただの小娘《こむすめ》が軍人相手にかなうわけないってことを忘れるんじゃないわよ。ばれたら一巻の終わりよ。今は問題なくやってるようだけど、もうすぐここも騒《さわ》がしくなるわ。花嫁《はなよめ》一行の歓迎《かんげい》式典のために、他にも軍人がたくさん来るし、シアラン宮廷《きゅうてい》のお偉《えら》いさんも来るんだから」

「その式典って、大公も来ると思う？」

「ギルフォードは宮殿から出ないわよ。リヒャルトの帰還《きかん》の噂《うわさ》はまだ耳に入ってないだろうけど、あいつ用心深いから」

気になるふたりの名前を出され、ミレーユは少しの間黙った。

「……ねえ、ローベリーの街でリヒャルトに会えた？」

するとルーディはため息をついて首を振《ふ》った。

「一足違《ちが》いで会えなかったわ。だからたぶん、あのまま誘拐《ゆうかい》されなかったとしてもあんたは追いかけてっただろうから、どっちみちこういう事態になっただろうけど。リヒャルトがどこにいるかはわたしにもわからないからね」

「……」

「それより。フレッドもシアランに来てるのよ。しかもあんたの身代わりに花嫁として宮殿へ乗り込むつもりよ」

ミレーユは目を瞠《みは》った。ヒースの話では、腕のたつ女騎士あたりが花嫁役を務めるだろうということだったのに。乗り込んでいって彼は一体何をするつもりなのか。

「ついでに言うと、あいつ、あんたがここにいるのを知ってるわよ」

その言葉にさらに仰天《ぎょうてん》する。だが言われてみれば、ルーディはミレーユが川に落ちた事情を知っているようだった。

「わたしはあいつに聞いてここまでたどり着いたんだから。アンジェリカとかいう女に逃《に》がされたんでしょ？　んでその女の仲間に匿《かくま》われたんでしょ」

「えっ？　違……」

それでは、アンジェリカが頼れと言っていた知人というのは騎士団の内部の人間ということになる。彼女はフレッドの友人でありながらシアラン騎士団の中とも繋《つな》がりがあるのだろうか。

（あれ……？　アンジェリカさんって、やっぱり敵なの？　じゃあどうしてフレッドと一緒《いっしょ》にいるんだろう。ていうか、知人って誰《だれ》なのかしら）

新しい情報を知れば知るほど混乱してくる。ミレーユは深刻な顔つきで考え込んだ。

年が明けると、イルゼオンの離宮《りきゅう》はにわかに騒がしくなった。

ルーディはあれから『ミシェルの姉』として宿舎に滞在《たいざい》している。団長たちは彼の素姓をあやしんで追い返すどころか歓迎しており、いわく「清掃業務《せいそう》で疲《つか》れた心も、うるわしい美女を見れば癒《いや》される」らしい。もし男と知ったらどうするだろうとミレーユははらはらすることもあったが、当のルーディは用意された客間からあまり出ることもなく、閉じこもって何かを作っているようだった。

加えて、歓迎式典に招待された貴人たちがそろそろと集まり始めている。それに伴《ともな》い有名な料理人や祝宴局《しゅくえん》の長官らが打ち合わせを始めており、なかなか大きな規模の宴《うたげ》になるらしいと夕食の席の世間話で耳にしていた。

さらには、シアランの都から多数の劇団役者や芸人たちがやってきている。アルテマリスから来た花嫁を愉《たの》しませるため、シアラン大公の命令で祝宴局から差し向けられてきたのだ。

彼らの訪《おとず》れはミレーユにとっても他人事ではなかった。彼らが離宮に滞在するには許可証が必要であり、それを発行するのが第五師団の書記官室の役目だったからだ。仕事量は増え、ラウールのしごきも相変わらず容赦《ようしゃ》なかった。

「そんな基礎《きそ》もできないようじゃ書記官室にいる資格などない！　それから四分前に渡《わた》した書類はまだか！」

「はいっ！」

「誤字脱字《だつじ》が多い！　やり直せ！」

「はぃぃ！」

次から次へと繰《く》り出される怒声《どせい》に何とか返事を返しつつ、ミレーユは自分の机とラウールの机を駆《か》け回って往復する。息があがっているのを見て、ラウールは皮肉げに笑みをよこした。

「おまえ、姉さんが迎《むか》えにきたんだろ？　さっさとやめて帰ればいいじゃないか」

いかにも出ていけと言わんばかりの言い方に、ミレーユはむっとにらみ返す。しかしそんな嫌味《いやみ》を言いつつ、なおかつミレーユだけでなく他の書記官の指導をしながらも、彼のこなす仕事量は誰よりも多い。積まれた封筒《ふうとう》を次々に開封して処理していくのを見ては、やはり仕事のことでは言い返せない。

「帰りません！　これ、書類です」

勢いよく提出し、自分の机に戻《もど》って次の書類の清書に取りかかる。なんとか清書係として認められ、もっと重要な仕事を任されるようにならなければいけないのだ。

（くっそぉぉぉ――――！）

心の中で乙女《おとめ》にあるまじきかけ声を唱えて、ペンを走らせるのに奮闘していると、ぽんと肩《かた》を叩《たた》かれた。

いた。

さりげなく申し出ると、アレックスはミレーユの机に積まれた書類の山を見やり、軽くうなずいた。

これまでも室長が昼休憩時にいないときは先輩の誰かがそうして残っていたのを知っていた。

「あ、もう少しやってから行くよ。室長もいないし、誰かが残ってないと不用心だし」

いことに気づき、ラウールはとっくに出ていったらしく姿がない。部屋の鍵を管理している室長の姿もな
えた。ラウールはとっくに出ていったらしく姿がない。これは好機だ。


「昼休憩《きゅうけい》だよ。行こう」

アレックスの声にはたと顔をあげると、先輩《せんぱい》書記官たちが背伸《せの》びをしながら出ていくのが見えた。ラウールはとっくに出ていったらしく姿がない。部屋の鍵を管理している室長の姿もないことに気づき、ミレーユは目をぎらりと光らせた。これは好機だ。

「あ、もう少しやってから行くよ。室長もいないし、誰かが残ってないと不用心だし」

これまでも室長が昼休憩時にいないときは先輩の誰かがそうして残っていたのを知っていた。さりげなく申し出ると、アレックスはミレーユの机に積まれた書類の山を見やり、軽くうなずいた。

「じゃあ、先輩や室長にはそう言っておくよ。あまり根を詰《つ》めるなよな」

あっさり引き下がってくれた彼をミレーユは笑顔《えがお》で見送る。扉《とびら》が閉まり、誰もいなくなると急いで立ち上がって出入り口へ向かった。扉の向こうをうかがい、少し開けてあたりを見てみる。完全に人の気配が消えたのを確認《かくにん》し、また急いで中へ戻った。

（この時を待っていたのよ！　さて、どこから見ればいいかしら）

室長の机にはめぼしい書類は置いていない。やはり目立つのは書簡が山と積まれたラウールの机だ。考える間も惜《お》しく、ミレーユは目に付いたものを片っ端《ぱし》から見ることにした。

（第二師団長宛《あ》てのご機嫌伺《きげんうかが》い……、夜中に厨房《ちゅうぼう》で盗《ぬす》み食いした隊士の処分書……、都から来た劇団同士の縄張《なわば》り争いの仲裁《ちゅうさい》願い……、もう、こんな気が抜《ぬ》けそうなやつじゃなくて、もっと重要な書類はないの？）

ぶつぶつ言いながら書類の束を置き、封書の山に手をつける。さすがに未開封のものを破ってまで見るのは危険だろうと思い、とりあえず開封されているものを見てみることにする。

しかしどれもこれも歓迎式典に関連するものばかりで、宴に出席する貴族の名前や段取りについての打ち合わせなど、あまり大公に関係のあるものとは思えない。書記官室で扱《あつか》う書類とはこの程度のものだったのだろうかと拍子抜《ひょうしぬ》けしたとき、一通の封書が目に留まった。

宛名《あてな》は師団長ジャック・ヴィレンス将軍。差出人は宮廷内務庁となっている。

(これは……? なんだろう)

アルテマリスでフレッドの身代わりとして出仕することになったばかりの頃《ころ》、宮廷の仕組みなどをリヒャルトに講義されたことがある。そのとき教わった中に宮廷内務庁という役所があったのをぼんやりと覚えていた。確か宮廷の大臣方を取り仕切るのが宮廷内務大臣で、国王にもっとも近しい官だったはずだ。もしシアランでもそれと同じ仕組みだとしたら――。

(大公からの、機密文書……かも)

そう思い当たったミレーユは、急いで中をあらためようとした。しかし運の悪いことにまだ開封されていない。どうしたものかとしばし迷ったが、結局は心を決めて封開け専用のナイフに手を伸《の》ばした。

まだ昼休憩が終わるまで時間があるし、誰も戻ってはこないはずだ。封書を開けたことについては、素知らぬふりをしてまぎれこませておくか、追及《ついきゅう》されてもしらを切るしか――。

「――何をしてる」

突然《とつぜん》背後で冷たい声がして、ミレーユは飛び上がりそうになった。咄嗟《とっさ》にナイフを手放し、おそるおそる振り向くと、いつからそこにいたのか入り口にラウールが険しい顔で立っている。よりによって一番面倒《めんどう》な人に見つかってしまった。自然、顔から血の気が引く。

「あ……、書類ができたので、提出に……」

何とか声をしぼりだして言い訳すると、ラウールは不機嫌《ふきげん》顔のまま扉を閉めて入ってきた。

「もう休憩時間だろうが。いつまでちんたらやってるんだ」

どうやら書類を盗み見ていたことには気づかなかったらしい。ミレーユは安堵《あんど》のあまり噴《ふ》き出した冷や汗《あせ》をぬぐった。こんなに早く帰ってくるなんて予想外だ。

「あの、先輩はもう昼ごはん食べたんですか？　ずいぶん早いですね……」

「飯を食うのにそんなに時間をかけてられるか。おまえもとっとと行け。いつまでも残ったところで役に立つわけでもなし、邪魔《じゃま》だ」

「な――」

「あ、ついでにこれを持って行け。書類を渡すくらいならおまえでも出来るだろ」

しっかり嫌味を言って、彼は何やら書類の山を渡す。各劇団の滞在許可証だ。

「五分で配れ。一秒でも遅《おく》れたら昼飯は抜きだ」

「ちょっ……」

「もう六秒過ぎたぞ。さっさとやれ」

（き――――!!）

相変わらずの無茶《むちゃ》な要求にも言い返せず、書類の山を抱《かか》えたミレーユは憤然《ふんぜん》と書記官室を飛び出した。


イルゼオンの離宮に花嫁《はなよめ》行列が到着《とうちゃく》したのは、それから二日後の午後のことだった。

ベルンハルト公爵《こうしゃく》の娘《むすめ》ミレーユは、兄の伯爵《はくしゃく》に付き添《そ》われて離宮の東にある迎賓館《げいひんかん》に入った。新しく大公妃《ひ》となる令嬢《れいじょう》をこの目で見られるとあって離宮を訪れているシアランの人々は興味津々《しんしん》だったが、当の令嬢は長旅で疲《つか》れたとかで部屋にこもってしまい、人々の前に姿を現すことはなかった。

ミレーユがロジオンと一緒《いっしょ》に師団長室に呼び出されたのは、それから間もなくのことである。

「宴に潜入《せんにゅう》……ですか？」

「そうだ」

並んだ新入隊士ふたりに、師団長のジャックはいつになく真面目《まじめ》な顔でうなずいた。

「今日の午後、花嫁一行が到着したことは聞いているだろう。そのご一行をもてなすための宴が三日後に行われる。おまえたちはその宴に潜入し、ある人物に接触《せっしょく》してもらう」

ミレーユは思わずごくりと喉《のど》を鳴らす。これはひょっとすると、いよいよ軍の中枢《ちゅうすう》に関係のあることとなのではないだろうか。

「接触する相手はメースフォード侯爵《こうしゃく》閣下だ。アルテマリスの姫《ひめ》君を迎える使者のひとりとして、今この離宮《りきゅう》に来ておられる」

「――大公殿下《でんか》のご側近ですね」

無言だったロジオンが珍《めずら》しく口を開いた。その言葉にミレーユの胸がどきりと鳴る。

「構えることはない。おまえたちはただ、閣下に手紙を渡す手助けをすればいいだけだ」

ジャックはそう言って一通の封書をひらりと掲《かか》げた。ミレーユは息を詰め、その封書を凝視《ぎょうし》した。

近衛師団長のひとりから、大公の側近への手紙。間違《まちが》いなく機密が書かれているはずだ。それを届ける役目ともなれば、隙《すき》をつけば中身を見ることもできるかもしれない。

「そのような重大な任務を、なぜ新人の我々に任せていただけるのでしょうか」

ロジオンの落ち着いた声での問いに、ジャックはけろりとして答えた。

「簡単なことだ。人目についていては困るから、面が割れていない者を使う必要がある。おまえたちふたりは入団したてで、お偉方《えらがた》にも他《ほか》の師団の者にも知られていないだろ？」

「どうして、人目についちゃいけないんですか？」

ロジオンに乗じて突《つ》っ込んでみると、団長はミレーユを見てどこか不思議な笑みを浮《う》かべた。

「機密文書だからに決まっとるだろう。心配するな、ミシェル。この書簡は閣下に接触する直前までイゼルスに預けておく。なくしたら大変だからな」

「は……、はい」

ミレーユは内心がくりとした。副長が預かるとなれば、彼の鉄壁《てっぺき》の守りを崩《くず》してまで手紙を盗み読むのは難しそうだ。

(でも、団長はなんでわざわざあたしに言うんだろう。じぃっと見てたから変に思われたのかしら)

訝《いぶか》しげに見つめ返すと、彼もじっとこちらを見つめてくる。だがその眼差《まなざ》しは、ミレーユをあやしんでのことではないようだった。

「しかし、念には念を入れたほうがいいな……」

つぶやいたジャックは、何か名案でも思いついたように目を輝《かがや》かせた。急ににこにこし始めたのを、ミレーユはますます不審《ふしん》に思って見つめ返した。


その日の夕食の席は、アルテマリスからやってきた花嫁一行の話題でもちきりだった。

ただし、まず彼らの口の端《は》にのぼったのは、花嫁の兄であるベルンハルト伯爵である。

「聞いたか？　公爵令嬢《こうしやくれいじよう》の兄君の話。すごい美形らしいぜ」

突如傍《とつじよそば》から飛び出した話題に、ミレーユはパンを喉に詰まらせそうになった。

「アニキ!?　大丈夫《だいじようぶ》すか！」

慌《あわ》てて隣《となり》にいたテオがミルクを差し出す。それを受け取って飲み下し、深く息をはいてから、あらためて耳をすませる。

「ほんとかよ～」

「ほんとだって。見たやつに聞いたんだから。天使みたいだったって興奮してたもん」

その台詞《せりふ》に今度はミルクを噴きそうになる。何とか堪《こら》え、口をおさえてごまかした。

（フレッドが、天使⁉）

本人の耳に入ったらますます調子に乗りそうな賛辞だ。女性に人気があるのは認めるが、しかしいくらなんでもそれはない。

「なんかキラッキキラしてさ、すげーまぶしかったって。兄貴があれほどの美形なら、妹の令嬢のほうもたぶんかなりの美人だろうってさ」

「へぇえ、見てみたいよなぁ、妹のほうも。な、ミシェル」

「うっ！　うん、そうだね」

屈託《くったく》のない意見が飛び交《か》う中《なか》、ミレーユは作り笑顔でうなずいた。当の公爵令嬢がここにいるとわかったら、彼らはどうするだろう。

同じく聞いていたテオが、けっと悪態をついた。

「なにがキラッキラだよ。アニキのほうが百万倍は輝いてますよ。ね、アニキ」

（いや、同じ顔なんだけど……）

内心で突っ込むミレーユに、テオは真剣《しんけん》な顔で続ける。

「ほんとっすよ。まじでアニキのほうが男前っす。オレ、この目ではっきり見ましたから」

「……えっ⁉　み、見たのっ？」

それが本当なら、フレッドと双子《ふたご》である自分を見て何か気づいたはずだ。ミレーユは一気に青ざめたが、うなずいたテオは馬鹿《ばか》にしたように鼻を鳴らした。

「確かに見た目は派手でしたが、男としての気概《きがい》ってもんがないんす。やっぱアニキみたいに猛獣《もうじゅう》に立ち向かっていくような勇猛さがなきゃ、いくら顔がよくても駄目《だめ》っすよ。態度もでかくて偉そうで、いかにも貴族って感じで。ああいうのはオレは好きません」

いかめしい顔つきで言い結んだテオをよそに、ミレーユはふと考え込んだ。

(態度がでかくて偉そう……？　あのフレッドが？)

そんな態度をとっているフレッドを見たことがない。どちらかといえば身分を気にせず、誰《だれ》とでも親しくなるような性格なのだ。それとも、ミレーユが知らないところでは、そういう貴族的な態度をとることもあるのだろうか。

いまいちしっくりこない想像をしてしまい、ううむと眉《まゆ》をひそめながら首をひねる。

(フレッドはあたしの身代わりをするために来たんだと思ってたけど、伯爵として人前に出てるってことは、ひとりで二役やるつもりなのかしら。それとも、誰か別の人があたしの代わりをやってるの？)

それに、何より気になるのは、フレッドは一体何をするつもりで身代わりの花嫁としてやってきたのかということだ。国王もジークもシアランとの縁《えん》は欲しいがギルフォードのことは嫌《きら》っているはず。とすると、わざわざ縁談を承諾《しょうだく》したふりをしてフレッドを送り込んできたのには何か理由があるのだろう。

(まさか。大公のところに乗り込んでいって、暗殺とかするつもりじゃないでしょうね⁉)

恐《おそ》ろしい想像をしてしまい青ざめていると、近くに座っていた先輩騎士《せんぱいきし》が話を向けてきた。

「そう言えば、ミシェル、聞いたぜ。ロジオンと一緒に歓迎《かんげい》の宴に潜入だって？」

人の噂《うわさ》とは早いもので、潜入任務のことは既《すで》に知れ渡《わた》っていた。といっても手紙を渡す件は知らないはずだ。彼らがにやにやと楽しそうなのは、その任務時の服装についてだった。

「しかも団長命令で女装するんだろ？　可哀相《かわいそう》になぁ」

「今回の新人度胸試《だめ》し、おまえがいるからもしかしてって思ってたんだよな」

「度胸試し？」

きょとんとするミレーユに、向かい側で不機嫌《ふきげん》な顔をしていたアレックスが口を開く。

「隊士が新しく入るたびに、ちょっとした試験みたいなものがあるんだ。みんなは度胸試しって呼んでるんだけど、まあ要するに、団長の出す要求に応《こた》えて無事帰ってくることができればいいっていう話」

「要求って、どんな？」

「それは毎回違《ちが》うんだ。ちなみに僕の時は、女装して女学校に一日潜入だった……。あの時の屈辱《くつじょく》は一生忘れない……」

アレックスの眼鏡《めがね》がぎらりとあやしく光ったので、ミレーユは慌てて話をそらした。

「じゃあ、テオは？」

「オレすか？　オレはちょろかったすよ。亡霊屋敷《ぼうれいやしき》に乗り込んで、謎《なぞ》を解明してこいってやつでした」

「そんなのもあるのっ？」

「二秒で亡霊のヤローをひねりつぶしてやりましたよ。なんであんなしょぼい度胸試しさせたんすかねー？」

それは猫嫌《ねこぎら》いの様子を見て怖《こわ》がりだと思われたからでは……と内心突っ込みを入れ、ミレーユは考え込んだ。どうにかして宴に潜《もぐ》り込み、シアラン側の出席者の名前と顔だけでも探《さぐ》ってやろうと思っていたところだったのだ。潜入できる理由ができたのは嬉《うれ》しい。

「おいおい、へこむなって。おまえ、姉さんも美人だからさ、女装似合うと思うぞ」

「チビだし女顔だしな」

黙《だま》り込むミレーユを先輩騎士らがからかって笑う。と、向かい側の席にいたアレックスが、耐《た》えかねたようにドンと食卓《しょくたく》を叩《たた》いて立ち上がった。

「いい加減にしろよ君たち！　ミシェルの気持ちも考えろよ！」

女顔同盟の彼が正義感を発揮していきりたつと、横にいたテオも珍《めずら》しくそれに同調する。

「ガリ勉の言うとおりだぜ！　アニキほどの猛者《もさ》に女装なんて辱《はずかし》めを与《あた》えやがって……っ。あの野郎《やろう》ゆるさねえ！」

「ミシェル、君も何か言ってやれよ！　大人しいからつけこまれるんだぞ。嫌《いや》なことは嫌だって言ったほうがいいんだ」

匙《さじ》を握《にぎ》ったまま考え込んでいたミレーユは、ふと顔をあげた。

「嫌じゃないよ。女装くらい……。任務とあらば何だってやってやる」

決意に満ちた声に、アレックスもテオも目をぱちくりさせる。せっかく庇《かば》っていたのに、当の本人がやる気満々でいるのだから拍子抜《ひょうしぬ》けもしようというものだ。

「——良い心がけだな」

騒《さわ》がしい場にふいに温度の低い声が割り込む。そちらへ目をやれば、副長のイゼルスが立っていた。

「ミシェル。当日は不審に思われないよう、女になりきって行動しろと団長から命令だ。それからアレックス。おまえにも補佐《ほさ》として同行してもらう」

「えっ。ぼ……私もですか？」

「おまえはロジオンの指導官を任されているだろう。新入隊士の特別試験には、その指導官が付きそうのが原則だ」

「はあ……、了解《りょうかい》しました」

冷静に言われ、アレックスは気が進まなそうに敬礼した。唯一《ゆいいつ》の同盟相手が女装して挑《いど》む任務に付きそうことに、どこか後ろめたそうな顔だ。

「それと団長からの伝言だが、おまえは顔を知られているから女装必須《ひっす》だそうだ」

「なっ!!」

絶句するアレックスを見て、テオがげらげらと爆笑《ばくしょう》する。

「ざまーみやがれ。日ごろの行いが悪いからそうなるんだよ。アニキの護衛はオレがやるから、てめーは一人でめかしこんでろ」

「テオバルト。おまえとおまえの家の者達は目立つから、当日は部屋から出ることを禁じる」

「なっ!?」

今度はテオが愕然《がくぜん》とする番だった。てめえふざけんなこのやろうと食ってかかってくるのを無視し、イゼルスはミレーユを見た。

「前日はしっかりと風呂《ふろ》で身体《からだ》を磨《みが》いて、せいぜい男だとあやしまれないようにしておけとのことだ。私専用の湯殿《ゆどの》を貸すから、使いたい時に申し出なさい」

「……ありがとうございます」

もしあやしまれたら、それはそれで悲しい。だがここでは女だと思われてはいけないのだからと、複雑な気分になりながらミレーユはうなずいた。


いよいよ明日は花嫁《はなよめ》の歓迎式典となった、夜。

着替《きが》え一式を抱《かか》え、ミレーユはおそるおそるその浴場へと足を踏《ふ》み入れた。

豊富な温泉に恵《めぐ》まれたイルゼオンには、各建物ごとに大小いくつもの浴場が作られている。騎士《きし》団の宿舎にも大浴場があり、騎士たちは毎晩そこを利用していた。しかし当然ながらミレーユは入れない事情を抱えている。これまでは夜中にこっそり湯を運んで、物置部屋で身体を拭《ふ》くのが精一杯《せいいっぱい》だった。

だから浴場に入るのはこれが初めてだ。しかも騎士たちの使う大浴場ではなく、幹部のための個人浴場である。一般《いっぱん》の隊士らが入れるところではないから、人目を気にする必要はない。

（……大丈夫《だいじょうぶ》よね？　あの副長だもの、いきなり一緒《いっしょ》に入ろうとかは言ってこないわよね）

団長のジャックだったらわからないが、たぶん副長なら信用できる。そうは思いつつもやはり心配で、入り口の扉《とびら》の前に棚《たな》や椅子《いす》を積み上げて、すぐには入ってこられないよう細工してから入浴することにした。

大理石の浴槽《よくそう》にはなみなみと湯がためられている。温泉と水を両方引いていて、やや熱めの風呂がいつでも楽しめるのである。室内は、脱衣《だつい》場に続く出入り口の他《ほか》には天井《てんじょう》近くに小さな窓があるだけだ。おかげでもくもくとした湯気が立ちこめ、かなり暖かい。

初めて湯船に浸《つ》かり、ミレーユはほっと息をついた。思えば入団以降いろんなことがあって、気を緩《ゆる》める暇《ひま》もなかったのだ。

（みんなと同じお風呂で身体を磨けって言われたらどうしようもなかったわ。副長が貸してくれて助かった……）

うーんと身体を伸《の》ばしながら、ふと考える。しかしなぜイゼルスは個人浴場を貸してくれたのだろう。これではまるで特別扱《あつか》いだ。一緒に任務につく予定のロジオンやアレックスも、おそらくこんな待遇《たいぐう》は受けていないはずである。

（変ね。なんであたしだけ……？）

考えられることと言えば、女だと気づかれている線だ。だがだからと言ってこんな扱いを受ける理由になるだろうか。女だとばれても、きっとイゼルスは痛くもかゆくもないだろう。彼とミレーユはただの上官と部下でしかないのだし、彼はミレーユの素姓《すじよう》を知らないのだから。

もしや、とミレーユは息を呑《の》んだ。イゼルスも、実は少年好きだったりするのだろうか？　ロジオンに狙《ねら》われているかもとアレックスに指摘《してき》されて以来、どうにもそちらの方面が気になってしまう。もしそうだったとしたら、これは罠《わな》だろうか？

（いや、まさかねぇ。あの副長に限って、そんな……）

無理やり自分を安心させようと、引きつりながらそう思った瞬間《しゅんかん》だった。

脱衣場のほうからドンドンと重い音が聞こえ、ミレーユは驚《おどろ》いて顔をあげた。何事かと耳をすませていると、ガターンと何か大きな物が倒《たお》れる音と、扉がこじ開けられる音が続く。

「アニキー！　お背中流しにまいりましたー！」

脳天気な声が響き、ミレーユは仰天《ぎょうてん》した。ロジオンでもイゼルスでもなく、障害物を押しのけてまで入ってきたのはテオだったのだ。

「いやー、ここの扉、固いっすねえ。アニキが入浴される風呂場《ふろば》だってのに、修理がなってねえ。——ん？　なんだこの棚、邪魔《じゃま》くせえな」

（な……なっ……！）

あまりの出来事に声も出ず、ミレーユは目をむいて振《ふ》り返った。脱衣場に続く扉が勢いよく開き、テオが堂々と入ってくるのを見て、慌《あわ》てて背を向ける。

「あっ、すいませんアニキ、来るのが遅《おそ》くなりました」

「いや、呼んでないよね、全然っ！」

「そんな、へそ曲げないでくださいよ。ここに来るまでちょっと迷子になっちゃったんすよ」

そのままずっと迷子になっていてくれればよかったものを。ひたひたと近づいてくる足音に、全身から血の気が引く思いがした。

「い、いいよ、いらないっ、ひとりで大丈夫だからっ」

「遠慮《えんりょ》しないでくださいよ～。兄貴分の背中を流すのは舎弟《しやてい》の務めっすから！」

「いらないって言ってんでしょっ、それ以上近づいたらぶっ飛ばすわよ!!」

焦《あせ》るあまりつい地が出てしまったが、テオは不審《ふしん》にも思わなかったようだ。

「え、なんすか、出入りっすか⁉　お手伝いしますよ、アニキ！」

「あんたをぶっ飛ばすって言ってんのよっ！」

もし見られたら。女だとばれたらどうなるのか。想像して青ざめながらミレーユはわめく。ばれる云々《うんぬん》以前に、裸《はだか》を男に見られると思うとそれだけで身体が震《ふる》えてきた。細心の注意を払《はら》っていても、彼のように障害物を力ずくで排除《はいじょ》してまで来られては対処のしようがない。

「オレ、何か気に障《さわ》ることしでかしました⁉」

「してる！　今ッ!!」

「すいませんっ、すぐにお背中流しますんで！　湯加減のほうはどうですかね？」

ぱっと背後から手が出てきて、浸かっている湯船に入っていく。傍《そば》に気配を感じて、必死に縮こまっていたミレーユは恐慌《きようこう》状態に陥《おちい》った。ほとんど悲鳴に近い声が出る。

「ほんとにいいから、お願いだからこないでっ！」

「アニキったら、水くさいなぁ、もう。オレとアニキの仲じゃないすか……」

照れているとでも思っているのか、テオはおかしそうに笑う。その言葉が途中《とちゅう》で切れた。

一拍《いっぱく》の後、凄まじい悲鳴が響き渡《わた》った。

「にぎゃあああああああああぁぁぁぁっっっ!!」

ぎゅっと両手を合わせて縮こまっていたミレーユは、びくりとして振り返った。

湯気の向こう、すぐ後ろでテオが尻餅《しりもち》をついている。そしてその前にいるのは——。

「にゃぁ」

「みぎゃあああっ、魔王《まおう》出たあぁぁぁぁあ!!」

どこから迷い込んだのやら、エルミアーナの飼い猫《ねこ》フェリックスが相変わらずのふてぶてしい態度でテオと対峙《たいじ》している。

「ひぃぃ、たす、助け………、ぎゃ————っっ!!」

「テオっ!?」

猫に飛びかかられて、テオはバネ仕掛《じか》けのように飛び起きると一目散に湯殿を飛び出して行った。脱衣場の扉も開けっ放しのままだ。

呆気《あっけ》にとられてそれを見送ったミレーユは、やがて、はあーと息を吐《は》き出した。

（助かった……）

猫のフェリックスを今すぐ抱《だ》きしめたい。おかげで、大げさでなく命拾いできたのだ。

と思っていたら、開放された扉の隙間《すきま》から突然《とつぜん》ぬっと腕《うで》が出てきた。それは迷いなく猫の首根っこをむんずとつかみ、すみやかに回収した。

「失礼しました。迷い猫がお騒《さわ》がせしたようで」

響いた低い声にミレーユは思わず固まる。生真面目《きまじめ》そうなその声はロジオンのものだった。

「外には誰《だれ》もおりません。——湯冷めなさいませんように」

静かな声でそう言うと、丁寧《ていねい》に外の扉を閉める。あとはもう、嘘《うそ》のような静寂《せいじゃく》だけが残った。

「あ……、ありがとう……」

ようやくお礼を言えたのは、人の気配が消えてから大分経《た》った後だった。

おそるおそる湯から出て、脱衣場をのぞく。ロジオンが言ったとおりそこには誰もおらず、冬の深夜の冷たい空気がたまっているだけだ。

誰もこないうちにと急いで身支度《みじたく》を調《ととの》え、湯殿を出ながらふと思った。

(でも、フェリックスはなんで急にお風呂に入ってきたんだろう。ロジオンもこんな夜中に何してたのかしら)

これではまるで、テオから助けるためにきてくれたみたいだ。しかしその理由がわからず、ミレーユは首をひねりながら部屋へと歩き出した。

第四章　偽者の花嫁と宝剣をめぐる人々

迎賓館《げいひんかん》の大広間にて、花嫁のための歓迎式典《かんげいしきてん》が既に始まっている頃《ころ》。

ルーディに手伝ってもらって女装したミレーユとアレックスは、先輩騎士《せんぱいきし》らに散々冷やかされながら宿舎をあとにした。

「ほんっとに、むかつくよな！」

どすどすと中庭を歩きながら、アレックスは怒《いか》り狂《くる》っている。団長命令に逆らえなかった彼は黒髪《くろかみ》の知的な美女に変身を遂《と》げていたが、その目は壮絶《そうぜつ》に恨《うら》みがましかった。

「ミシェル、君も本当は怒《おこ》ってるんだろ⁉　さっきからずっと黙《だま》り込んで」

隣《となり》を歩いていたミレーユは、少し間を置いてから顔をあげる。姉として宿舎に滞在《たいざい》しているルーディが今日に限って忙《いそが》しそうにしていたことが気になっていたのだ。

「ていうかさ、アレックス。眼鏡《めがね》ははずさないの？」

「……なんだって？」

「眼鏡だよ。役になりきるためには外したほうがいいんじゃない？」

信じられないという顔でこちらを凝視《ぎょうし》したアレックスが、眉《まゆ》を逆立てる。

「どうでもいいだろ、そんなこと！　君さ、まさかとは思うけど、この事態を楽しんでるのか!?　胸に詰《つ》め物までしてきて！」

「あっ、これ？　いいでしょ！　この夢のようなさわり心地《ごこち》……」

ミレーユの声がはずむ。ルーディから借りた付け胸のおかげで、別人のように豊満なさわり心地。変装して潜入《せんにゅう》任務という緊迫《きんぱく》した時なのに、つい嬉《うれ》しくて頬《ほお》がゆるんでしまう。

「なに喜んでるんだよ！　君、ひょっとして、実は極度の変態趣味《しゅみ》の持ち主なのか!?」

「おい、遅いぞ、おまえたち！」

ラウールの叱咤《しった》が割り込み、ふたりはそちらを見やる。庭を抜《ぬ》けた先、迎賓館の入り口に、本日の任務班を組んでいるラウールとロジオン、副長のイゼルスが正装して待っていた。

「くっそぉ……。なんで僕らだけ女装なんだ。しかも僕はただの指導官なのに」

あまりにも悔《くや》しそうにアレックスがつぶやくので、ミレーユはそっと肩《かた》をたたいた。

「アレックス、自分が気にしてるほど女顔じゃないと思うよ。綺麗《きれい》な顔してるとは思うけど」

「じゃあこの状況《じょうきょう》は何なんだよ！　気休めはよしてくれ！」

「何をもめてる。早く来い」

イゼルスが冷たい声で命令したので、ふたりは急いで駆《か》け寄った。

懐中時計《かいちゅう》を取り出して時間を確認《かくにん》していたイゼルスが、ふとミレーユに目を留める。

「……似合うな。男の恰好《かっこう》より」

つぶやいた彼にじっと見つめられ、ミレーユはぎくりとして目をそらした。副長が調達してきた空色のドレスをまとい、同じ色の花の飾《かざ》りを耳の横につけ、金髪《きんぱつ》の鬘《かつら》をかぶった今は、どこからどう見ても女にしか見えないだろう。あまり馴染《なじ》みすぎたくなかったので、ルーディに頼《たの》んで少々化粧《けしょう》を濃《こ》いめにしてもらったが、それも不自然というほどではない。

「副長！　お言葉ですが」

「おまえは似合わないな」

すかさず抗議《こうぎ》しようとしたアレックスをあっさり流し、イゼルスは一同を館内へと促《うなが》した。

宴の行われている大広間へ向かいながら、アレックスはなおも納得《なっとく》できないといった様子でミレーユを追及《ついきゅう》してくる。

「おかしいよ。男ならこんな恰好させられたら屈辱《くつじょく》に思うのが普通《ふつう》だろ。なのにどうして君はそんなに平然としてるんだ」

「え……」

(男の子って、そういうもの？)

嬉々《きき》として女装をたしなんでいた兄を間近で見てきているだけに、ついあれが普通だと思っていたが、確かに言われてみれば彼以外に女装を楽しんでいた男性にはお目にかかったことがない。やはり異常なのはフレッドのほうだったのかと気づいて、慌《あわ》てて声を張り上げた。

「だよね！　むかつくよね、女の恰好しろとかさぁ！　男に向かって失礼だよ」

突然態度を翻《ひるがえ》したのを見てアレックスは一瞬驚《いっしゅんおどろ》いたようだったが、ようやく同意を得られて嬉しげな顔になる。

「そうだよな！　なんだ、やっぱり君も怒ってたんじゃないか。あんまり普通にしてるから、ひょっとして普段からこういう恰好に慣れてるのかと思ったよ」

「そ、そんなわけないじゃん！　着たことないよ、こんなの。ほんとにもう、冗談《じょうだん》じゃないよね、女装とか！」

「許せないよな！　男心を踏《ふ》みにじって」

「部下の気持ちを何だと思ってるんだっ」

「来世は女顔に生まれてくるよう、ふたりで呪《のろ》ってやろうぜ」

「やかましいぞ、おまえたち！」

団長の悪口で盛り上がり始めたふたりに、ラウールの雷が落ちる。それらのすべてを流して、イゼルスが促した。ここからは別行動なのだ。

「そろそろ行くぞ。段取り通りにやれ」

いつもと変わらぬ冷静な指示に、ミレーユは少し緊張《きんちょう》しながらうなずいた。

楽団の奏《かな》でる軽《かろ》やかな音楽が聞こえてくる。歓迎の宴が開かれている大広間は、もうすぐそこまで来ていた。


大広間に造られた舞台《ぶたい》上では、アルテマリスから来た花嫁《はなよめ》を歓迎するため、都で一、二を争うと評判の人気劇団が恋愛《れんあい》喜劇を繰《く》り広げている。その前に設置された席には貴人たちが座って劇を鑑賞《かんしょう》し、劇に興味のない者たちは後方でそれぞれ輪を作っておしゃべりに興じていた。

そして上座の主賓席《しゅひんせき》には、この宴の主役であるベルンハルト公爵令嬢《こうしゃくれいじょう》ミレーユことフレッドがいるはずだった。はず、というのは、その姿が確認できないからだ。花嫁の席は薄絹《うすぎぬ》の帳《とばり》の向こうに設《しつら》えられていて、宴に出席している客たちからは見えないようになっている。

(なるべくあやしまれないように、顔を見せないことにしてるのかしら)

横目でちらちら観察しながら、ミレーユは人ごみをぬうようにして前へ進んだ。

いま、傍《そば》にイゼルスはいない。それどころか、あのやかまし屋のラウールもいない。一緒《いっしょ》にいるのはアレックスとロジオンだけだ。そして手紙はイゼルスが持っている。

(このままじゃ、中身を読むことはできないわ。こうなったらもう、メースフォード侯爵《こうしゃく》って人が手紙を読む時に後ろからのぞきこむしか……)

目当ての男を見つけ、ミレーユはそっと近づく。前もって話をしてあるはずの彼をなるべく自然な形で外へ連れ出すのが、ミレーユの役目だった。

「あっ、ごめんなさい」

よろよろと倒《たお》れかかると、相手がさりげなく抱《だ》きとめてくれる。立派な口ひげをたくわえた五十がらみの優《やさ》しそうな紳士《しんし》だ。

「おや、大丈夫《だいじょうぶ》かな。お嬢《じょう》さん」

「はい、ありがとうございます」

なるべくしおらしく目を伏《ふ》せて礼を言うと、相手の男は心配そうに顔をのぞきこんできた。

「顔色が悪いね。気分でもお悪いのかな?」

「いえ、大丈夫です」

「しかし心配だ。こちらへ来て、外の風に当たりなさい。連れて行ってあげよう」

親切にも男はミレーユを支えてバルコニーへと連れて行く。その少し後を、恋人《こいびと》同士を装ったアレックスとロジオンがついてきた。

バルコニーと言ってもなかなか広く、ちょっとした庭のようになっている。隅《すみ》の植え込みに影《かげ》がちらついているのは、恋人たちが語り合っているのだろうか。

それらを突《つ》っ切って端《はし》まで行くと、さすがに人影《ひとかげ》は他《ほか》にない。傍のベンチにミレーユを座らせ、彼は低くため息をついた。

「——やれやれ。今頃《いまごろ》広間では、年甲斐《としがい》もなく若い娘《むすめ》と火遊びをしに行った不良親父《おやじ》とでも噂《うわさ》されているのだろうか」

「心中お察しします、侯爵閣下」

先にバルコニーの植え込みに身を潜《ひそ》めていたイゼルスが、ラウールを伴《ともな》ってやってくる。

「妻や子どもたちの耳に入ったら、きみたちちゃんと擁護《ようご》してくれよ。娘も息子《むすこ》も難しい年頃《としごろ》なんだから」

「もちろんです。——では早速《さっそく》本題に。あまり時間もありませんので」

メースフォード侯爵の嘆《なげ》きまでも流し気味に、イゼルスは例の封書《ふうしょ》を取り出す。それを見てとったミレーユは、隙《すき》をついてじりじりと侯爵の背後に回った。

まさか後ろからのぞき見しようとしている者がいるとは思っていないであろう侯爵は、その封書を受け取って開く。弱い月明かりの下、ミレーユはそれこそ目を皿にして広げられた書面を凝視した。

『ご帰還《きかん》の噂はひそかにあれど、警戒《けいかい》されているのか、まだ気配をお見せにならない』

最初に目に飛び込んできたのはその一文だった。

(帰還……、ひょっとしてリヒャルトのことじゃ⁉)

この時期に機密文書に書かれていることなのだ、その可能性は高い。大公の側近にひそかにもたらされた手紙に彼のことが書いてあるということは、エセルバートの帰還を大公は予想していたのかもしれない。それで探《さぐ》っているのではないだろうか。

一気に緊張が高まり、どきどきしながらさらに続きを追おうとした時、ごつんと頭に衝撃《しょうげき》を感じた。

「痛ぁ！」

「馬鹿《ばか》かおまえは！　何をうろちょろしているんだっ、閣下のご迷惑《めいわく》だろうが！」

拳《こぶし》を構えて立つラウールに、ミレーユは涙目《なみだめ》で言い返す。

「だからって殴《なぐ》らなくてもいいでしょ！」

「うるさい！　だいたい、おまえのせいで今日も仕事が遅《おく》れてるんだぞ！　これ以上俺の仕事を増やすな！」

「おい、静かにしろ」

イゼルスが急に緊迫《きんぱく》した声で制した。何事かと見ると、男がひとり早足でやってくる。

「ああ、心配いらない。私の配下だから」

侯爵が言ったとおり、男はまっすぐこちらへ向かってきた。周囲にいるミレーユたちを見て怪訝《けげん》そうな顔をしたが、侯爵がうなずいたので口を開く。

「エルミアーナ公女殿下《でんか》が失踪《しっそう》なさいました」

「──何？」

その場の空気が一瞬緊張《いっしゅんきんちょう》する。しかし男が続けた言葉に、またか、という空気が流れた。

「宴を一目見てみたいと言っておられたそうなので、もしやこちらにいらっしゃるのかもしれません。供をするはずだった侍女《じじょ》が、公女殿下が時間になってもお見えにならないので心配して相談してまいりまして」

「例によってまた失踪なされたのか。あれほどお部屋から出ないよう申し上げたというのに」

「アルテマリスの姫君《ひめ》に会いたいと言っておられたそうですが……」

「姫君？　ミレーユとかいう公爵令嬢にか？」

急に名前を出され、ミレーユはぎくりと目を瞠《みは》った。

(エルミアーナさまがあたしに？　ミシェルじゃなくてミレーユに？)

「侍女の話では、公爵令嬢に接触《せっしょく》して、大公殿下《でんか》とのご縁談《えんだん》を断ってほしいと頼《たの》みに行くとおっしゃっておられたとか……。そのお詫《わ》びとして渡《わた》すつもりで、国宝の剣《けん》を宮殿《きゅうでん》から持ち出されてきたそうなのです」

「何だと!?」

侯爵が声をうわずらせ、他の面々も驚《おどろ》いて目を見開く。だが誰《だれ》より一番驚いていたのはミレーユだ。

(国宝の剣って、あれよね、リヒャルトが手に入れようとしてるっていう……。それをエルミアーナさまがここに持ってきてるですって!? しかも、あたしにそれをくれようとしてるって……なんで!?)

わけがわからず、ミレーユは動転して額をおさえた。

大公との結婚《けっこん》をやめるよう頼むため、彼女はわざわざこの離宮《りきゅう》へやってきた。しかも宮殿からシアラン大公家の宝剣まで持ち出して——。そこまでやるということは、彼女は兄である大公に叛意《はんい》しようとしているということか。

(そう言えばルーディが言ってたっけ、妹姫は大公と仲が良くないって……。あんなにほのぼのしてる方なのに、そんな過激なことするなんて!)

となると公女の失踪は単なる一人歩きではないのかもしれない。嫌《いや》な予感がして、ミレーユは一同を見回した。

「もしかして、剣を持ち出したのがわかって、大公側に捕《つか》まったんじゃ……!」

イゼルスも同じことを考えたのか、いつもより表情が厳しい。と、その隣《となり》にいたラウールが思い出したように眉根《まゆね》を寄せた。

「そう言えば、少し前にそんな書簡を見たな」

一同の視線が彼に集まる。

「宮殿から剣がなくなったのだが、公女が持ち出したおそれがある。奪還《だっかん》するため使者を送るから、それまでに調査しておくように、と」

「……つまり、とっくに大公殿下はご存じだったわけか。こちらから返答がなかったので実力行使に出たのかもしれんな。奪還に来た使者が剣だけ持って大人しく帰ればいいが」

イゼルスのつぶやきに、ミレーユの顔から血の気が引く。

「しかし団長や私のところには上がってきていないぞ。ラウール、どうしてその時――」

「どうしてその時に言ってくれなかったんですか⁉」

厳しく追及《ついきゅう》しようとしたイゼルスは、言おうとしたことを先んじられて口をつぐんだ。

真っ青になって食ってかかったミレーユに、ラウールは目を見開いている。

「先輩《せんぱい》は毎日いっぱい仕事をこなしててすごいと思います、けど、せっかく情報を目にすることができる立場にいるのに、それを生かせないんじゃ全然意味ないですよ！　もし、エルミアーナさまに何かあったら……っ」

書記官室で見かけた、宮廷内務庁《きゅうていないむちょう》からの手紙。もしかしてあれがそうだったのだろうかと思うと、寸前で見逃《みのが》した自分を呪《のろ》いたくなってくる。

ラウールは虚《きょ》を衝《つ》かれたようにミレーユを見つめていた。彼が誰かを怒鳴《どな》ることはあれど、誰かに叱咤《しった》されることはまずないのだ。当人はぽかんとし、普段《ふだん》しごかれているアレックスも唖然《あぜん》としている。

「ミシェル、少し落ち着け。声が高い」

冷静になったイゼルスが口を挟《はさ》んだ。

「書記官室の人員が足りずにラウールに負担をかけていたのは私の責任だ。そのことはあとで処置をする。それより今は公女殿下だ。――アレックス、宿舎に戻《もど》ってこの件を団長に伝えろ。極秘《ごくひ》に人員を出してほしいと」

「はっ！」

我に返ったアレックスが、ドレスの裾《すそ》をひるがえして駆《か》け去った。イゼルスは残った一同を見回す。

「あとの者は公女殿下の捜索《そうさく》を行う。閣下、エルミアーナ様のご居所にお取り次ぎ願えますか」

「ああ、わかった」

侯爵《こうしゃく》が従者に言伝《ことづて》を託《たく》している横で、イゼルスはミレーユに視線を移した。

「ミシェル、おまえは残れ」

「な……どうしてですか⁉」

「その恰好《かっこう》では満足に動けないだろう。それに、剣も弓も扱《あつか》えないやつがいても役に立たん」

冷たく言われ、ミレーユは返事に窮《きゅう》した。確かにその通りだ。頭に血が上ってラウールを責めておきながら、自分はそれ以上に何もできない。そう思ったら恥《は》ずかしさと悔《くや》しさで身体《からだ》が熱くなった。

ミレーユはくるりと踵《きびす》を返し、バルコニーの片隅《かたすみ》に突進《とっしん》すると、庭木に飛びついて手頃《てごろ》な枝をへし折った。バキッと派手な音がして、傍《そば》で逢《あ》い引きに勤《いそ》しんでいた恋人《こいびと》たちが小さく悲鳴をあげたが、それにかまわず元の場所に戻る。

「あたしはこれでやりますから」

「……それは何だ？」

「木刀です。今作りました。これの扱いは得意なんです」

「……」

「お願いします！」

危険を承知で宝剣を持ち出し、自分に会いにきたエルミアーナ。そんなことも知らず、呑気《のんき》に恋人ごっこにつきあっていただけだった自分が歯がゆい。けれど事情を知った今、当事者である自分が何が何でも行かなければという思いに突《つ》き動かされていた。

「——副長殿《どの》、お訊《たず》ねしたいことがあるのですが」

それまで黙《だま》っていたロジオンが、おもむろに口を開いた。

「シアラン騎士《きし》団は大公殿下の騎士のはず。この場合、捕《と》らえるべきは宝剣を持ち出した公女殿下ではないのですか？　その旨《むね》の書簡も送られてきているようですし」

じっとイゼルスを見つめるロジオンの言葉に、一同の間に緊張《きんちょう》が走った。

言われてみればそれが道理だ。国宝を勝手に持ち出し、なおかつアルテマリスと接触をはかって大公の結婚を邪魔《じゃま》しようとしているのだから、シアラン騎士団の立場としては、大公に背《そむ》いたエルミアーナをこそ捕らえねばならないはずである。

「ちょっとロジオン、この非常時に何言ってんの⁉　常識で考えればそうかもしれないけど、でも常識が通じない人なんでしょ、大公って！　どっちが悪人でどっちがいい人かなんてすぐわかるじゃない！」

思わず素《す》が出てしまったミレーユを、ラウールと侯爵がぎょっとしたように見る。

「とにかく、みんなが行かないなら、あたしひとりででも行くわよ。侯爵様、エルミアーナさまのお部屋はどのへんか教えてください！」

「落ち着けと言ってるだろう。猪《いのしし》かおまえは」

今にも駆け出そうとするミレーユの首根っこをつかむと、イゼルスは冷静な顔でロジオンに目をやった。

「今夜公女殿下に害を加えようとしたのは、名も知れぬ不逞《ふてい》の輩《やから》だ。我々はシアラン大公家に仕える騎士として公女殿下をお守り申し上げる。宝剣云々《ほうけんうんぬん》の書簡は、宮殿からここへは届いていない。——そうだな、ラウール」

急に話を振《ふ》られ、ラウールははっと顔を向ける。彼の返事をきかず、イゼルスはきびきびと次の指示に移った。

「抜刀《ばっとう》を許可する。ただし殺さず捕らえろ。それから宴《うたげ》に出ている方たちに気づかれるな。秘《ひ》密裏《みつり》に処理するんだ。いいな」

命令する副長の鋭《するど》い目を見返し、ミレーユはしっかりうなずいた。

「彼は本当に男かね？　あの、貴婦人の恰好をしていた彼は」

駆け出て行った三人を見送り、メースフォード侯爵がぽつりとつぶやく。自分も続こうとしたイゼルスはその声に振り返った。

「なぜです？」

「いや、触《さわ》った時の感じが、なんとなく……」

「……」

「ああ、変な意味ではないよ。妻に告げ口しないでね。——それに、しゃべり方も女の子みたいだったような気がしたが」

首をかしげる侯爵に、イゼルスは珍《めずら》しく口元に笑《え》みを浮《う》かべた。

「閣下のお気のせいでしょう。——彼は男です」


時間を遡《さかのぼ》ること、少し前。

エルミアーナはひそかに部屋を抜《ぬ》け出し、宴の開かれている迎賓館《げいひんかん》に向かっていた。

「ねえ、フェリックス。アルテマリスから来た姫《ひめ》君って、どんな方なのかしらね」

がさがさと繁《しげ》みをかきわけて庭を進みながら、エルミアーナはつぶやく。半ば無理やりお供をさせられている猫《ねこ》のフェリックスは迷惑《めいわく》そうに鳴いた。
「麗《うるわ》しのアルフレートさまの従妹君《いとこぎみ》なのですもの、きっとものすごくお綺麗《きれい》よね。妃殿下《ひでんか》より
お綺麗かしら。でも、姫君のほうが、うんとお若いのよね」
「にゃぁ」
「突然《とつぜん》押しかけていったら、びっくりなさるかしら。お話を聞いてくださると思う？」
「なー」
「何と言って切り出そうかと、ずっと考えていたのよ。わたくしって口下手《くちべた》でしょう？　うま
く言いたいことが言えるかどうか心配だわ。それに、わざわざシアランへ来ていただいたのに、
結婚《けっこん》をやめて帰っていただけないかしらなんて言ったら、きっと気を悪くされるわよね。ああ、
もっと早くにお手紙をお出ししておけばよかったわ」
「にゃん」
「とにかく、お会いする前に練習しておきましょう。ええっと、こほん。初めましてミレーユ
さま。突然《とつぜん》ですが、シアランの宝剣《ほうけん》を差し上げますから、大公殿下とのご結婚は諦《あきら》めてくださ
いませ。――こんな感じかしら」
かしこまって練習を始めた彼女は、そこではたと口をおさえた。
「いけない！　肝心《かんじん》の宝剣を忘れてきてしまったわ」
「ギャーッ!!」
「まあっ、フェリックスったら。急に変な声を出したりして、いやな子ね」

めっ、と叱《しか》りつけるように振り向いて、エルミアーナはそこに見知らぬ男がいることに初めて気がついた。

左胸に赤い百合《ゆり》の紋章《もんしょう》が入った黒い上着。黒い帽子《ぼうし》に赤い羽根飾《かざ》り。常々趣味《しゅみ》が悪いとひそかに思っていたそれは、兄である大公の秘密親衛隊の制服だ。秘密と名の付くわりに堂々と兄の手足となって動く彼らの評判は、宮殿《きゅうでん》の奥に閉じこもって暮らしてきたエルミアーナの耳にも届いている。

彼らはシアラン騎士団とは違《ちが》い完全なる大公の私兵だった。大公の信頼《しんらい》が厚い分、権限も大きい。命令とあれば本当に何でもやるため、人々は彼らを恐《おそ》れ、避《さ》けていると聞く。つまりいわゆる「鼻つまみ者」だ。そしてそう噂《うわさ》されるだけのことをやっているのはエルミアーナも知っていた。――八年前、エルミアーナの兄弟姉妹を大公の命令のまま狩《か》り立てたのも彼らだったから。

その彼らが今、目の前にいる。その理由を悟《さと》り、公女はため息をついた。

「残念だわ。お兄様にばれてしまったのね」

男は黙っていた。よくよく周囲を見回せば、同じように立つ影《かげ》は四つあった。そのうちのひとりが、すっと進み出てくる。

殺されるのかしら、とエルミアーナは思った。これまでも兄に疎《うと》まれているのは感じていたが、同じ母を持つ実の妹というお情けからか、害を加えられたことはなかった。けれども、さすがに国宝の剣を持って逃亡《とうぼう》したのがわかって、そのお情けも吹《ふ》き飛ぶくらい怒《おこ》ってしまったのだろう。

「公女殿下。宝剣をお渡《わた》しください。大公殿下のご命令です」

進み出てきた男が低い声で告げる。

「渡したら、わたくしを殺すの？」

「そうせよと仰《おお》せつかっております」

「じゃあ、アルテマリスへ嫁《とつ》ぐお話はどうなるの？」

「別の方が、公女殿下の身代わりとして嫁がれます」

「なんですって。ひどいわ、アルフレートさまはわたくしの王子様なのに！」

ずれた部分で憤《いきどお》っている公女に、男はしばしの沈黙《ちんもく》の後訊《たず》ねた。

「アルテマリスへ嫁ぐのを嫌《きら》っての叛意《はんい》ではないのですか？　てっきり大公位を狙《ねら》っての行為《こうい》かと思いましたが」

「まあ……。そんなこと思っていないわ。ただ、これからのシアランのことが心配なだけ。お兄様はもうすぐお亡《な》くなりになるのに、まだ王太子がいないのですもの。わたくしとジェラルド殿下以外にも候補者がたくさん出てきて、みんなで争うことになってしまったら、悲しいわ」

年下の叔父《おじ》であるジェラルドは、まだ十歳にも満たない子どもだ。大公妃と前夫——つまりエルミアーナの祖父である二代前の大公との間に生まれた子で、系図で見れば前大公の歳の離《はな》れた弟にあたる。八年前、前夫を亡くし、乳《ち》飲《の》み子を抱《かか》えていた大公妃は、息子《むすこ》の身を守るためにギルフォードの求婚《きゅうこん》を受け入れた。しかしそれ以降彼女に子は生まれず、シアランの世継《よつ》ぎ争いによる混乱を加速させる結果になってしまった。

「だからね、そんな喧嘩《けんか》をしなくても済むように考えたの。姫と王子が結婚するように、国と国もくっついてしまえばいいんじゃないかしらって」

無邪気《むじゃき》な提案に、男は一瞬《いっしゅん》遅れて息を呑《の》んだ。

「アルテマリスに併呑《へいどん》されるのをお望みなのか」

「難しい言葉で言うと、そういうことになるのかしら。だって、立派な大公になれそうな方がシアランにはいないのだもの。あちらの国王陛下に治めていただければ、シアランで王太子を立てる必要もないでしょう？　良い考えだと思ったのだけど……。あなたがたのお顔を見る限り、やっぱり反対されるのでしょうね」

「当然だ！　冗談《じょうだん》じゃない。あの野蛮《やばん》なランスロット・アスリムの末裔《まつえい》が治める国に取り込まれるなど」

「……そういう言い方は、わたくしは嫌いだわ」

そもそもその思想が八年前のシアランでの政変の引き金となったというのに。

ため息をついてつぶやいたエルミアーナを、男は鋭く見つめた。

「殿下があなたを曲者《くせもの》だと評されていた理由がわかりましたよ。世間知らずのふりをして、腹のうちではそんな思惑《おもわく》を抱《いだ》いていらしたとは。しかし、よくお話しになりましたな」

「まあ、失礼ね。わたくし、そんな悪女じゃないわ。どうせ殺されるのだから、全部お話ししてあげようと思っただけなのに」

「なるほど。そういうところは思慮《しりょ》が浅くていらっしゃる。これで我々はますますあなたを生かしておけなくなりましたよ」

公女への敬意もなく、男は高圧的に促《うなが》した。

「宝剣の在処《ありか》まで案内していただきましょう」

エルミアーナはもう一度ため息をつき、足下《あしもと》を見やった。

「フェリックス、おまえはお逃《に》げなさい。――あら？　フェリックスがいないわ」

常にふてぶてしい態度の相棒はいつの間にか姿を消していた。主に言われるより先にとっと逃げ出したらしい。

「ほう。猫に末の弟君と同じ名を付けておられるとは。姫君は感傷的でいらっしゃる」

冷たく笑われ、エルミアーナはその時はじめて相手をキッと見上げた。しかしすぐに悲しくなって目を伏《ふ》せた。

「……かわいそうなフェリックス。まだ七つだったのに」

つぶやいて、彼女は来た道と反対の方向へと歩き出した。


外で慌ただしい動きがあることなど露知《つゆし》らず、宴《うたげ》は華《はな》やかに行われていた。

「姫君、いかがですか。こちらの歌劇は、都でもっとも人気のある劇団の新作でございます。姫君のために大公殿下が特別にお命じになり、作らせたものでして。楽しんでいただけておりますでしょうか？」

花嫁《はなよめ》を歓待《かんたい》するため大公から遣《つか》わされてきた祝宴局《しゅくえん》の長官が、揉《も》み手しながら愛想《あいそ》よく笑いかける。宴が始まって以降、彼は事あるごとにそうして機嫌《きげん》をうかがっていたが、薄絹《うすぎぬ》の帳《とばり》の向こうから『姫君』の返事が返ってくることは一度もなかった。

代わりに聞こえてくるのは、『姫君』付きの侍女《じじょ》の明るい声である。

「長官様。姫さまは、こちらの劇は大変すばらしく、涙《なみだ》で枕《まくら》が濡《ぬ》れそぼってしまうようだと感激に打ち震《ふる》えておいでです。このような舞台《ぶたい》を企画《きかく》された長官様の聡明《そうめい》かつ誠実、そして情熱的なお人柄《ひとがら》にも、いたく感謝していると仰せです」

「はあ……。さようで」

少々間の抜《ぬ》けた声で長官は相づちを打つ。まさか姫君はこの帳の向こうで、本当に枕が涙で濡れるような体勢で観劇しているのだろうかと、馬鹿《ばか》馬鹿しい疑問がふとよぎった。大げさなほどこちらをいちいち褒《ほ》めそやす侍女の返答にはもう慣れたが。

「すまないな、長官。妹は度を超《こ》した人見知りなのだ」

今度は若い男の声がして、長官は思わず居住まいを正した。

「特に初めて会う者や慣れない者が相手では、何か問われても返事すらできない。だが機嫌を損《そこ》ねているわけでないということはわかって欲しい。代わりに私が詫《わ》びをしよう」

「い、いえ、めっそうもございません。お淑《しと》やかな妹君で、微笑《ほほえ》ましゅうございますな」

慌《あわ》てて長官は取り繕《つくろ》う。姫の兄であるベルンハルト伯爵《はくしゃく》はまだ十代のはずだが、その堂々とした態度といい物言いといい、ある種の迫力《はくりょく》さえ感じるほどの少年だった。いくら国王の甥《おい》で伯爵の身分といえど、こうも高貴な雰囲気《ふんいき》をまとっているものだろうかと感心してしまう。それを思うと、彼が活躍《かつやく》しているはずのアルテマリスという大国の宮廷《きゅうてい》は一体どんなところなのかと、少しだけ空恐《そらおそ》ろしい思いもする。

「しかし、心配でもあるのだ。このように内気では、シアラン宮殿《きゅうでん》で大公妃として務めることができるだろうかと」

「それはご安心ください。大公殿下《でんか》は寛大《かんだい》なる御《お》心で、必ずや妹君を支えてくださいますでしょう」

「ほぅ……。寛大なる、か……」

急に伯爵の声が低くなった。何か機嫌を損ねることを言っただろうかと長官が目を瞬《またた》いたとき、侍女の声が割り込む。

「長官様、姫さまは舞台に集中したいと仰せです。またのちほどお声がけくださいませ」

体《てい》よく追い払《はら》われたらしいが、そろそろご機嫌取りに疲《つか》れていた長官は、会釈《えしゃく》をして下がることにした。

「ああもう。また無愛想なやつだって思われちゃいましたよ。もうちょっと、嘘《うそ》でもいいから笑顔《えがお》で答えていただけませんか、殿下」

長椅子《ながいす》に長々と横になり、肘掛《ひじか》けから投げ出した足をぶらぶらさせながら、ミレーユに扮《ふん》したフレッドが口を尖《とが》らせる。長官の疑問通り、まさしく横になって観劇していたのである。

それをじろりと見やったのは、『ベルンハルト伯爵』役として無理やりついてきたヴィルフリートだった。

「黙《だま》れ。貴様こそ、その緊張感《きんちょうかん》のない態度をどうにかしろ。仮にもミレーユの身代わりのつもりなら、もっと彼女らしく淑やかにしていろ」

「そうですか？　でも、似てるでしょ？」

寝《ね》そべったまま王子を流し見、フレッドはぱちりと片目を瞑《つぶ》ってみせる。ヴィルフリートは顔を引きつらせ、怒《いか》りに打ち震えながら反論した。

「似てないぞ、まったく!!」

「おや殿下、鼻血が」

久々に忘れていた感覚を思い出し、ヴィルフリートは慌てて鼻を押さえた。

薄絹の帳に囲まれた主賓席《しゅひん》にいるのは、四人。フレッドとヴィルフリート、侍女と護衛の騎士《きし》である。帳の向こうからこちらは見えないが、こちらからは宴の様子がよく見えた。

「アンジェリカ。喜んでないで、殿下の鼻血をぬぐってさしあげてくれないかな？」

「あっ、申し訳ございません。美少年ふたりが戯《たわむ》れる図につい見入ってしまいました」

せっせと何かを書き付けていたアンジェリカが、帳面を横に置いてヴィルフリートにハンカチを差し出す。

「——ルーディはそろそろかな」

独り言のようにつぶやいたフレッドに、鼻血をぬぐい終えたヴィルフリートは怪訝《けげん》な目を向けた。

「しかし、そのような騒《さわ》ぎを起こしてどうするんだ？　宴がめちゃくちゃになるぞ」

「めちゃくちゃにしたいんですよ」

あっさりと答えながら、フレッドはむくりと起き上がる。

「企画してくれた祝宴局の長官や集まった俳優たちには申し訳ないですが、いつまでもつきあっていたって意味がない。この宴は失敗しなければいけないんですからね。『花嫁をアルテマリスに追い返したい一派の妨害《ぼうがい》工作』によって」

アンジェリカが差し出した手鏡を取り、彼は笑顔でそれをのぞきこんだ。

「まあ早い話が、ぼくの人生設計を台無しにした人達への仕返しの序曲というわけです」

「ま、フレデリックさまったら、やる気満々」

寝ころんだせいで乱れた彼の髪《かみ》に櫛《くし》を入れながら、アンジェリカも笑顔で囃《はや》す。何なんだこいつらのノリはとたじろぎながらも、ヴィルフリートは眉根《まゆね》を寄せて追及《ついきゅう》した。

「それより、ミレーユは本当に無事なんだろうな」

「はい。わたくしの兄がお世話しているはずです」

「どこにいるんだ？」

「わりと近くにいますよ。相変わらず元気もりもりで奮闘《ふんとう》しているみたいですね。舎弟《しゃてい》が二十人くらいいるとか」

髪をいじられながらあっさり答えたフレッドを、ヴィルフリートは目を剝《む》いて凝視《ぎょうし》した。

「舎弟……二十人⁉」

「昔から、なぜか筋肉系に好かれるんですよね。不思議だなぁ。母に似たんでしょうか」

「嘘だ！　あんなに清楚《せいそ》で可憐《かれん》な彼女に、筋肉の舎弟が二十人だと⁉　ありえんだろうが！」

「いや、三十人だったかな？　というか殿下、以前から思っていましたが、殿下はどうやらあの子に対して過大なる誤解を抱《いだ》いておられるようで……。夢を壊《こわ》すのは申し訳ないと思うのですが——」

「そんなことより！　おまえ、そこまで把握《はあく》していてなぜ止めない⁉　さっさとこちらに引き取ればいいだろうが！」

「いやー、ここまで来たら、もう気が済むまでやらせてあげようかと思いまして」

呑気《のんき》に笑ったフレッドは、笑みを唇《くちびる》に乗せたままふとつぶやく。

「どうせもう、帰ってこないでしょうから」

「何……？」

どういうことだと、ヴィルフリートが詰《つ》め寄ろうとした時だった。

薄絹の帳の向こう、宴が開かれている大広間で悲鳴があがった。

「――火事だわ！」

はっとそちらを振《ふ》り返れば、帳の向こうは動きが慌ただしい。同時に鼻腔《びこう》をきな臭《くさ》い匂《にお》いが突《つ》いた。悲鳴が飛び交《か》う中、ばたばたと足音が駆《か》けてくる。

「ひ、姫君、早く避難《ひなん》なさってください！　ぼ、ぼやが起こって――」

「煙幕《えんまく》、うまく焚《た》けたみたいだね」

慌てふためいた様子の長官の声を聞き、フレッドはつぶやく。その時、さっと帳をかき分け、黒い影《かげ》が入ってきた。

マントを翻《ひるがえ》した長身の男は、座っているフレッドの前へ来ると棒読みの台詞《せりふ》を吐《は》く。

「……攫《さら》いにきたぜ、お嬢《じょう》さん」

「あはは。芝居《しばい》心が足りないねぇ」

あまりのやる気のなさに愉快《ゆかい》になって笑いかけ、フレッドは立ち上がる。

「じゃ、あとはよろしく」

ぐっと拳《こぶし》を作ってやる気を表したアンジェリカが、笑顔で見送ってくれた。

――やがて大広間にけたたましい悲鳴が響《ひび》き渡《わた》る。

「きゃああ――っ、姫さまがあぁ――――っっ！」

「大変だ！　ミレーユがランスロットに攫われた！」

「なっ、何ですと!?」

アンジェリカとヴィルフリートの芝居がかった声に、長官の悲鳴が重なる。それらを背に聞きながら、フレッドはヒースとふたり煙幕にまぎれて大広間を抜け出した。

公女エルミアーナの住む館《やかた》に到着《とうちゃく》したミレーユたちは、侍女たちの証言をもとに彼女の足取りを追っていた。

宴《うたげ》が行われていた迎賓館《げいひんかん》へ行くには、建物を迂回《うかい》したり中庭をいくつも抜《ぬ》けなければならない。道順を予想し、合流してきた第五師団の面々を分散させて辿《たど》ることになったのだが、時間が経過しても公女発見の報は飛び込んではこなかった。

「もう、ここにはいないのかもしれないな」

指揮を任された副長の言葉に、ミレーユは思わず持っていた木の枝を握《にぎ》りしめた。もしかして既《すで》に連れ去られてしまったのか、それとも――。嫌《いや》な予感がよぎるのを、急いで振り切る。

「あたし、もう少し先を調べてみます！　もしエルミアーナさまがお一人で出歩いておられるなら、騒ぎになってるのに気づいて出てこられずにいるのかもしれないし」

「何か心当たりでもあるのか？」

「心当たり……。宮殿の裏手にある小川で水遊びをしたことはありますけど、今は夜だし……」

他《ほか》に彼女は何か言っていなかっただろうか。行ってみたい場所や、思い出の場所――。

真剣《しんけん》な顔で考え込むミレーユを見ていたラウールが、イゼルスに小声で訊《たず》ねる。

「副長。あいつさっきから、しゃべり方が変じゃありませんか？　女みたいな……」

「気のせいだろう」

「自分のことを『あたし』とか言ってますが」

「役に入り込む性質《たち》なんじゃないか？」

興味がないという顔で否定され、ラウールは腑《ふ》に落ちない顔をしながら尚《なお》も首をひねる。それをイゼルスは横目で見やった。

ギャアァッ、という獣《けもの》の声がしたのはその時だった。

その場にいた全員が、ぎょっとしてそちらを見る。庭木の間から出てきたのはふっさりとした毛並みの猫《ねこ》だ。そのふてぶてしい顔を見忘れるわけがなかった。

「フェリックス！」

叫《さけ》んだミレーユに視線が集まる。

「どうした、ミシェル？」

「エルミアーナさまの猫です、いつも一緒《いっしょ》にいる……」

言い終わらないうちに、猫はさっと踵《きびす》を返す。初めて見せる機敏《きびん》な動きに目を瞠《みは》るミレーユに、ついてこいとばかりに一声鳴いて、駆け出した。

「副長、あたし念のために追ってみます！」

駆け出しながら後ろに叫び、ミレーユはフェリックスを追った。

猫は迷いなく夜の庭を抜けると、建物の中に入っていく。階段を上に向かうのを追いながらミレーユは眉根を寄せた。この建物はさっき調べたはずだが、エルミアーナの姿は見当たらなかったのだ。

足音が追いかけてくるのに気づいて振り向くと、ロジオンとラウールが走ってついてきている。目が合ったラウールが苛立《いらだ》たしげに口を開いた。

「ここはさっき調べただろう。あの猫は本当に公女殿下の猫なのか？」

「ええ、あたしもそう思うんですけど、フェリックスがあんなに必死になってるのを見るのは初めてなんです。だから何かあるんじゃないかと思って」

「何もなかったらただじゃおかんからな。こうしてる間にも、おまえのせいで仕事時間がどんどん減って――」

「あそこです」

ふいにロジオンが鋭《するど》い声を出す。同時に剣《けん》を抜いた彼の視線の先を追うと、廊下の先に、黒い服を着た男たちとエルミアーナが一緒にいるのが見えた。

「まあ、変ね。たしかにここに隠《かく》しておいたはずなのよ。それなのになぜ見当たらないのかしら」

「いつまでしらを切られるおつもりか！　とぼけるのも大概《たいがい》に――」

「エルミアーナさま！」

何やら言い争っていた彼らは、ミレーユの叫びにはっとこちらを見た。黒い服の男たちはすぐさま剣を抜いて戦闘態勢《せんとう》に入り、駆け寄ろうとするミレーユたちの前に立ちはだかった。

「我々は大公殿下《でんか》の秘密親衛隊だ！　得物をおさめてすぐにここを去れ！」

（秘密親衛隊？）

高圧的に言い放った男を、ミレーユはにらみ返した。相手方は四人、こちらは三人だ。しかもミレーユの得物は木の枝からへし折ったばかりの即席《そくせき》木刀で、ラウールに至っては丸腰《まるごし》である。それを見て取ったのか、相手方のひとりがエルミアーナを荷物のように肩《かた》にかつぎ、横の窓からバルコニーへと飛び出した。

「あっ……、待てっ！」

叫んで追いかけようとするミレーユに男のひとりが襲《おそ》いかかってくる。咄嗟《とっさ》に木刀をかまえたが、ロジオンの背中が素早《すばや》く前に立ちふさがった。

「お逃《に》げください。ここは自分が」

「えっ、けど」

「ラウール卿《きょう》、ミシェル様をお願いします！」

促《うなが》しざま、彼は剣を奔《はし》らせる。剣を合わせる間もなく、相手は声をあげて仰《の》け反った。

血が飛び散ったのを見てミレーユは思わず息を呑《の》む。それはもちろん人が斬《き》られたことに驚《おどろ》いたのもあるが、ロジオンが相当の手練《てだ》れだと一瞬《いっしゅん》でわかったからだった。いつも寡黙《かもく》な彼が剣を振るっているのを見たのは初めてのことで、意外に思いながらも、ミレーユは叫んだ。

「ロジオン、まだふたりいるわよ、ほんとに大丈夫《だいじょうぶ》なの⁉」

「はい。お早く！」

「じゃあ、任せるわ！」

急いで窓からバルコニーへ出る。エルミアーナを連れ去った男の姿はない。手すりに駆け寄ろうとしたら、追いかけてきたラウールの声がした。

「下に飛び降りたんじゃないか？」

「ええ、たぶんそうだと——」

答えながら振《ふ》り向きかけて、ラウールの背後にもうひとり誰《だれ》かいるのに気づく。黒服の男は四人以外にもいたのだと頭が理解するより先に、ミレーユは飛び出した。

「先輩《せんぱい》、あぶな——い！」

「うおっ！」

いきなり体当たりされてラウールが吹《ふ》っ飛《と》ぶ。勢いあまって手すりの柱にぶつかり、彼の目から火花が散った。

一緒に転がったミレーユは素早く起き上がり、木刀を手にして彼の前に立つ。

「危なかったですね、先輩！」

「おまえのほうが危ないわっ！」

しこたま頭を打ったラウールは即座《そくざ》にわめいたが、ミレーユが黒服の男と対峙《たいじ》しているのに気づいて目を瞠った。

「まさか、ソレでやる気か？」

「他に武器なんてないでしょ。大丈夫です、これで向こう脛《ずね》をガッーンとやると、どんな大人の男でも即悶絶《そくもんぜつ》ですから」

「馬鹿《ばか》か⁉　相手は真剣だろうが、よく目を開けて状況《じょうきょう》を見ろ！」

「ああもう、ガタガタうるさいわねっ、木刀すら持ってない人が文句ばっか言ってんじゃないわよ！」

「なっ……、おまえ、先輩に向かってその口の利《き》き方は何だ！」

言い争うふたりを、黒服の男は馬鹿にしたような目で見ている。やがて剣を振りかぶろうとしたが、何かに気づいたように背後を見やった。その顔が油断し切っていること、そしてバルコニーに応援《おうえん》に来た他の騎士《きし》たちが駆《か》け込んでくるのをミレーユは見逃《みのが》さなかった。

「とりゃ――――――ッッ!!」

「ぎゃぁっ！」

渾身《こんしん》の力をこめて振りかぶった木刀を脛にたたきこまれ、男は悲鳴をあげてもんどり打った。持っていた剣が投げ出されるのを見て、ミレーユは息を切らしながら踵を返した。

「たぶんしばらくは起き上がれないと思うから、今のうちにどうにかして縛《しば》り上げてください！」

「……おまえ、容赦《ようしゃ》ないな……」

呆《あき》れたようにぼそりと言って、ラウールは立ち上がる。投げ出された剣を拾い上げたが、ミレーユが靴《くつ》を脱《ぬ》ぎ捨てるのを見て眉根《まゆね》を寄せた。

「何をしてる？」

「下にも助《すけ》っ人《と》に来てくれるように言って！」

裸足《はだし》になったミレーユは手すりから身を乗り出す。柱を伝って下りるには時間がかかりそうだと踏《ふ》んで、思い切って飛び降りることにした。

「エルミアーナさまがまだ捕《つか》まったままなの！」

「おい！」

驚愕《きょうがく》したような声を振り切り、ミレーユは手すりから身を躍《おど》らせた。

幸いなことに二階なのでそう高さはない。だが持っていた木刀の先が途中《とちゅう》でどこかに引っかかってしまい、そのせいで体勢が崩《くず》れた。

「うぎゃ」

着地と同時に右足に激痛が走り、ミレーユは思わずその場に倒《たお》れ込んだ。力が抜《ぬ》けそうになったが、何とか身体《からだ》を起こす。

「どうした!?」

「だ……大丈夫です！」

降ってきたラウールの声に顔もあげずに応《こた》えると、庭の林の奥へ目を向ける。明かりもなく、月の光も弱いため、ただそこにある林の黒い輪郭《りんかく》しかわからない。だが後方には副長のイゼルスをはじめとした第五師団の面々がいるはずだし、エルミアーナを連れ去った男は林の中に逃げ込んだとしか思えない。

木刀を杖代《つえ》わりにして立ち上がり、駆け出そうと踏み出しかけたが、足首に走った痛みに思わず顔をしかめて立ち止まる。どうやら思ったよりもひどい捻《ひね》り方をしてしまったらしい。じんじんと疼痛《とうつう》が押し寄せ、ミレーユは唇《くちびる》を噛《か》んだ。

(これしきのことで、諦《あきら》めるわけにいかないでしょ……！)

自分を叱咤《しった》するようにつぶやくと、痛む足をなるべく気にしないようにしながら、今度こそ駆け出した。

大公に背《そむ》き、国宝の剣を持ち出してまで自分を頼《たよ》ってきてくれた人を、みすみす大公側に渡《わた》すわけにはいかない。彼女が剣を持ち出した真の理由は本人に聞いてみなければわからないが、おそらくは行動そのものが意思表示なのではないだろうか。大公との縁談《えんだん》を断ってほしいと言いにきたということは、彼女はこの縁談に反対している。兄にこれ以上権力を持っていて欲しくないと思っているのだ。

そして彼女の持ちだした宝剣があれば、リヒャルトはすぐにでも名乗りをあげ、アルテマリスへ引き返して国王と誓約《せいやく》を結ぶことができる。そうすれば、彼は大公に勝てるのだ。

(そうしたら、リヒャルトはもう危ない目に遭《あ》わなくて済むのよね。大公から隠れて暮らすこともなくなる)

そう思ったら急に痛みが遠のいた気がした。走りながらミレーユは思い切り息を吸い込んだ。

「――エルミアーナさま！」

声が夜の林に吸い込まれていく。少し間を置いて、どこかでガサッと枝のこすれる音がした。

「そこかっ！」

キッと顔を向けたミレーユは、猛然《もうぜん》とそちらへ向かった。足音がいくつも追いかけてきたのに気づいて振り返ると、暗い林のあちらこちらに明かりが揺《ゆ》れている。暗がりから走ってきた薄《うす》い金髪《きんぱつ》はイゼルスだ。

「副長、この先で物音が！」

ミレーユの報告に、イゼルスは厳しい目でうなずいて背後を見やった。

「四隊に分ける。林を抜けられる前に何としても捜《さが》し出せ！」

「はっ！」

声が呼応し、散っていた明かりがパッと四つにまとまってそれぞれ動き出す。その統率《とうそつ》された動きにミレーユは少し驚きながら、追い抜いて行ったイゼルスを追って走った。

やがて、暗い林のどこかで叫《さけ》ぶ声がした。怒号《どごう》が入り混じり、すぐに静かになる。

「——公女殿下《でんか》を無事お救い申し上げた！　殿下を拉致《らち》した犯人は捕縛《ほばく》！」

しばらくして響《ひび》き渡ったイゼルスの声に、ミレーユはほっとしてその場にへたりこんだ。


「ハッハッハ、ひどい顔だなぁ」

合流してきた団長のジャックに開口一番そう言われ、ミレーユはきょとんとして見上げた。

「ほら、見てみろ。擦《す》り傷《きず》だらけだ」

愉快《ゆかい》そうに彼が差し出した小さな手鏡をのぞきこみ、うっとミレーユは息を呑んだ。頬《ほお》や額のあちこちに細かい引っ掻《か》き傷が出来ている。林の中を走っている時に枝に引っかけてしまったらしい。

「気づいていなかったのか？　まあ、男はそれくらい腕白《わんぱく》でないとな！　ガッガッしてる若者が私は大好きだ。近頃《ちかごろ》の若者はやたら容姿に気を遣《つか》って、女性に媚《こ》びる者が増えているだろう？　まったく嘆《なげ》かわしい！　その点おまえは見込みがあるぞ、ミシェル」

「はあ……ありがとうございます」

内心ショックを受けながらミレーユは礼を言った。ただでさえ色気に欠けるというのに、こうも傷だらけになってはますます年頃《としごろ》の乙女《おとめ》からかけ離《はな》れて行ってしまいそうだ。

自分も若者といえる年代のくせに相変わらず言うことが微妙《びみょう》に年寄りくさい団長は、からかうようにミレーユの腕《うで》を肘《ひじ》でつついた。

「愛《いと》しの公女殿下が攫《さら》われて、随分《ずいぶん》必死になったようだな？　ん？　この色男め」

「あたりまえじゃないですか！　一歩間違《まちが》ったらエルミアーナさまは……」

緊張感《きんちょうかん》がなさすぎて不謹慎《ふきんしん》ともとれる態度にミレーユは怒鳴《どな》りつけようとしたが、ふと公女のことが気になって怒声《どせい》を飲み込んだ。

「ご無事なんですよね？　公女殿下は」

「ああ、先程《さきほど》館《やかた》までお連れした。少々疲《つか》れておられるようだったが、ショックを受けておられるわけではなさそうだ。こう申し上げてはなんだが、殿下は肝《きも》が太くていらっしゃるようだな。

宝剣の在処《ありか》を教えろと言われたが、教えたくなかったので嘘《うそ》をついて延々とやつらを連れ回したらしい」

それが結果的に時間稼《かせ》ぎになったのだろうと思い、ミレーユはうなずいた。

「運が良くていらっしゃる。普通《ふつう》は刺客《しかく》相手にそんなことをすれば、逆上されて殺されるだろうに」

「ある意味、人徳でしょうかね。今回はそれに助けられたようなものです」

いつの間にか傍《そば》に来ていたイゼルスが冷静な顔で応じる。あらためて安堵《あんど》の息をつくミレーユに彼は目を移した。

「今日はもう宿舎に戻《もど》って休め。我々はまだ任務があるから付き添《そ》いはできないが、ひとりで戻れるな？」

「え……、まだ何かあるんですか？」

「公女殿下の館周辺を念のために警護する。それと――」

「まったく、今日は一体何なんだ？　公女殿下は誘拐《ゆうかい》される、おまけにアルテマリスから来た花嫁《はなよめ》まで攫われるとは」

ジャックの嘆きに、ミレーユはぎょっとして目を瞠《みは》った。

「攫われた!?」

「ああ。宴《うたげ》の最中《さなか》に賊《ぞく》が入ったらしい。おかげで警護担当の第二師団のやつらはてんてこ舞《ま》いだ」

「それって、さっきエルミアーナさまを攫おうとしたやつらの仲間にですか⁉」

「いいや。怪盗《かいとう》ランスロットだ」

「な……、ランスロット⁉」

またしてもミレーユは仰天《ぎょうてん》した。シアランへ入って間もなく、立ち寄った城館で別れたきりのヒースは、嫁《とつ》いできた花嫁をミレーユだと思ってまた誘拐したのだろうか？

身代わりの花嫁はフレッドがやっているはずだから、その点では心配はないはずだ。しかしフレッドとヒースがかち合うとどうなるかを考えたら、それはそれでちょっと怖《こわ》い気もする。

（そうだ。キリルと神官長様のことを聞きたいのに、結局まだ聞けてない。誘拐したのがあたしじゃないって気づいてればいいけど……）

ミレーユは団長と副長に会釈《えしやく》をして踵《きびす》を返した。こうして考えてみると、やることは山積みだった。だがそれだけ手がかりがたくさんあるとも言える。

（エルミアーナさまが宝剣をお持ちだってことも、あたしと大公の縁談に反対されてるらしいってこともわかったし。それに、ヒースがこの離宮《りきゆう》にいるなら、今度こそキリルたちのことを聞いてみなきゃ）

考え込みながら林の中を歩いていくと、応援《おうえん》に来たらしい先輩騎士《せんぱいきし》たちと行き会った。

「よう、ミシェル。おまえ、あのラウールを怒鳴ったんだって？」

「怖いもの知らずだな！」

面白《おもしろ》がっているような彼らの言葉に、はたとそのことを思い出す。そうだった、あのラウールを怒鳴りつけてしまったのだ。ミレーユは思わず頬を押さえた。

(偉《えら》そうに言っちゃったけど、あたしだってエルミアーナさまのことでは何の役にも立ってなかったじゃない。ラウール先輩、頭に来ただろうな……)

しゅんとしたまま林を出ると、噂《うわさ》をすればというのか、エルミアーナを追って飛び込んだ建物の前にラウールが相変わらずの不機嫌《ふきげん》顔で立っていた。

一緒《いっしょ》に仕事をしていれば、彼が人の何倍も量をこなしているのはわかる。いくらエルミアーナのことで頭に血が上っていたとは言え、そのことで彼を責めるのは間違いだったと思った。

「……あの……、さっきは生意気なことを言って、すみませんでした」

頭を下げるミレーユに、ラウールは少し間をおいて息をついた。

「俺にもいろいろ思うところがあった。おまえが言ったとおり、仕事をしていたのでなく、ただ目の前にある書類を処理するという『作業』をしていただけじゃないかとな。これでは有能な書記官とは言えない。真に有能な書記官ならば、今回のような事態は未然に防いだはずだ。それは反省するに値《あたい》する」

「……先輩」

「そういうわけで、明日からは尚《なお》一層厳しく仕事に取り組もうと決意した。そして、おまえに対する指導も三倍厳しくすることにした」

重々しく決意をのべられ、ミレーユは目をむいた。

「なんであたしも!?」

「あたりまえだろうが。俺はおまえの指導官だ、おまえに厳しくするのも俺の仕事のうちだ」

「そんな！」

理不尽《りふじん》な理由に呆然《ぼうぜん》となるミレーユにかまわず、彼は踵を返した。

「わかったら、とっとと帰って傷の手当てをして寝《ね》ろ。足をひねっただろう、さっき」

「あ、あたし、靴《くつ》を脱《ぬ》ぎ捨てたままなので、取ってきます。先に行ってください」

「ああ……、ひとりでいいのか？」

「はい」

ラウールはふんと鼻を鳴らし、不機嫌な声で言った。

「それからおまえ、いい加減女の振《ふ》りをするのはやめろ。気味が悪くて不愉快だ」

その言葉で初めて、その日自分が素《す》を出しまくっていたことに気づき、ミレーユは慌《あわ》てて口を押さえたのだった。

第五章　暗闇の再会

攫われた花嫁を捜《さが》して第二師団が右往左往するのを遠目に見ながら、ジャックはイゼルスから報告を受けていた。

「……ふむ。公女殿《でん》下のことを心配していたのは芝居《しばい》ではなさそうだな。その一連の気迫《きはく》あふれる言動を聞くと」

腕組《うでぐ》みをして壁《かべ》にもたれ、いつになく真面目《まじめ》な顔でつぶやく上官に、イゼルスはうなずいた。

「秘密親衛隊にも容赦《ようしゃ》なく攻撃《こうげき》をしていたそうです。もし演技だとすれば相当の役者ですね。しかしそれでは、普段《ふだん》のあのうっかりぶりに理由がつかない。まあ、あれもうつけの振りをしているのかもしれませんが」

「疑いだしたらきりがない。——が、やつが何かを調べているのは確かだ。一体何を？」

「軍に潜入《せんにゅう》してくるということは反大公派でしょうが、それなら第一や第二師団など大公に近しいところを探《さぐ》るはずです。わざわざ末端《まったん》の第五師団に入ってきたということは、我々自体に興味があるということでは？」

「となると、やはり大公が送り込んできた間者か？」

ううむ、とジャックは難しい顔になって唸《うな》った。

「どうやら本格的に疑われ始めたらしいな……」

「芝居心が足りなかったのではないですか？」

冷たい部下の言葉に、ジャックは両手で焦《こ》げ茶の髪《かみ》を乱暴にかきあげた。

「馬鹿《ばか》な！ 私の演技力は完璧《かんぺき》のはず……。しかしこれはまずいぞ。あの方が戻られるまで軍をやめるわけにはいかんというのに」

イゼルスはちらりと上官の顔を見やった。

「では、早急《そうきゅう》に対処を。ミシェルの他《ほか》にも潜入者はいます。こちらに取り込むなり消すなりしなければ」

「わかっている」

短く答えてジャックは考え込む。公女を発見できたのはミシェルの手柄《てがら》だ。公女の猫《ねこ》のことなど誰《だれ》も知らなかった。それは認めるが、だからこそ何者なのかを知らねばならない。

「メースフォード侯爵《こうしゃく》に会わせたことで、何か動きを見せるか……。少し様子を見て、次の餌《えさ》を仕掛《しか》けよう」

まなざしに鋭《するど》いものをたたえた団長に、副長も真顔のままうなずいた。

バルコニーに転がっていた靴を回収すると、ミレーユはそのまま手すりに寄りかかった。

近頃《ちかごろ》はこうしてひとりきりになることも少なかった。今なら、たぶん誰にも文句を言われることもなく考え事に没頭《ぼっとう》できる。

（今夜の任務は、すごい収穫《しゅうかく》だったわね……）

あらためて思い返すと、高揚《こうよう》で胸がどきどきしてくる。

エルミアーナが離宮へ来た目的がわかった今、自分が次にすべきことは彼女と交渉《こうしょう》して剣《けん》を譲《ゆず》ってもらうことだ。それをリヒャルトに渡《わた》せば、彼は兄であるギルフォードに代わって大公になることができる。ルーディに聞いた話では確かそういう仕組みだったはずだ。

（でも、どうやって切り出そう？）

まず自分が男でなく女であること、『ミレーユ・ベルンハルト』であることを説明しなければならない。彼女の王子様でなくなるのは申し訳ないが、ミレーユ自身に会いに来てくれたのだから話せばきっとわかってくれると思いたい。

キリルと神官長の話を聞くのはヒースと再会した時に考えるとして、他にやっておきたいのはやはり大公側の動きを探ることだ。

今夜の任務中、副長のイゼルスは宝剣を持ち出した公女についての文書の件をなかったことにしていた。これは軍人としてやってはいけないことだろうと、素人《しろうと》のミレーユにもわかる。つまり彼らは大公に従う気がない、もし発覚して罰《ばっ》せられる事態になっても構わないと思っているのだろうか。

（団長や副長は反大公派なのかな。そういえば今日手紙を届けたあの人……メースフォード侯爵様だっけ。極秘《ごくひ》の手紙って言ってたけど、もし団長が反大公派なら、あの侯爵様もそうだってことになるのかしら。でも確か、大公の側近とか言ってたわよね。だったら敵方と連絡《れんらく》を取ってるってことになる……。やっぱり素直《すなお》に大公派だって思っといたほうが無難《ぶなん》かしら）

それに、あの密書にリヒャルトのことらしき一文があったのは気になる。もし彼らが反大公派ならいいが、そうでなかった場合、敵にリヒャルトのことを教えてしまうことになる。それだけは避《さ》けたい。

（確証が持てるまでリヒャルトのことは言わないほうがいいわね。もう少し観察してみて考えよう。それと、今日はちょっと気を抜《ぬ》いちゃって、まずかったわ。明日から気をつけなきゃ）

素を出しまくっていたことを反省し、気合いを入れてからミレーユは踵《きびす》を返す。足が痛くて、とても靴は履《は》けそうにない。そのまま手に持ち、裸足《はだし》で帰ることにした。

バルコニーを出て階下へ向かう。ここは何の建物なのだろうとふと思った。遠くから宴の喧《けん》噪《そう》がわずかに聞こえるだけで、人気はまったくなく静まりかえっている。

そんな場所だったから、角を曲がったところに男が立っているのを見た時はぎょっとしてしまった。宴の客だろうか、貴族の正装をした三十半ばほどの男だ。

彼のほうも驚《おどろ》いた顔をしたが、親しげに話しかけてきた。

「失礼、道に迷ってしまって、少しお訊《たず》ねしたいのだが」

「迎賓館《げいひんかん》ならあっちですよ」

「いや、出口がわからないんだ」

「それならこっちです」

どうせ自分もそちらへ行くからと、背を向けて案内してやろうとした時だった。突然《とつぜん》背後から羽交《はが》い締《じ》めにされ、耳元に低くて鋭い声が突《つ》き刺《さ》さった。

「公女の部屋はどこだ。案内しろ」

「……あんた……！」

首をねじるようにして認めた顔は、黒服の男たちの中のひとりに似ている気がした。服を替《か》えてなおも公女を襲《おそ》うつもりだったのだろう。全員捕《と》らえたはずだがまだ仲間がいたらしい。

「おまえ、第五師団と一緒《いっしょ》にいた女だな。公女の侍女《じじょ》か」

「……違《ちが》うわよ。公女様なんて知らないわ」

「嘘《うそ》をつくな！」

ぎりっと腕《うで》をねじられる。涙《なみだ》が出そうなほどの痛さに、頭に血が上ったミレーユは瞬時《しゅんじ》に反《はん》撃《げき》に出た。

「痛いじゃないのっ！」

手を振り回し、持っていた靴を顔に直撃《ちょくげき》させてやる。ついでに拳《こぶし》で鼻っ柱を殴《なぐ》りつけると、男の腕がゆるんだ。その隙《すき》にミレーユは出口に向かって走った。

（早く、団長たちに知らせなきゃ……！）

だが足首がじくじくと痛み、うまく走れない。出口が見えているのにひどく遠く感じる。すぐに荒《あら》い息づかいが背後に迫《せま》り、乱暴に腕をつかまれた。

「おまえが言わないのなら、他の者に聞くまでだ。公女の侍女が人質《ひとじち》なら必ず話す者がいる」

「だから、そんなんじゃないって言ってんでしょ！」

「静かにしろ！」

荒々しく腕を引っ張られ、足の痛みに耐《た》えきれずミレーユはその場に膝《ひざ》をついた。腰《こし》を抜かしたとでも思ったのか、男は舌打ちして懐《ふところ》を探った。

紐《ひも》を取り出したのを見て、ミレーユは咄嗟《とっさ》に後退《あとずさ》る。人質というからには縛《しば》られてどこかに連れていかれるのだろうか。そんなことになったらエルミアーナの危機を知らせにいけない。

「大人しくしろ！」

「誰がするかっ！」

叫《さけ》びながら這《は》ってでも逃《に》げようともがくミレーユの髪を、男は容赦なく引っつかんだ。

「いや――っっ、痛いじゃないこの馬鹿っ」

「静かにしろと言って――」

「手を離《はな》せ、俺の連れだ」

聞き覚えのある声が割り込んだ。

背後を振《ふ》り返った男が、ぐぅっと詰《つ》まったような呻《うめ》きをあげて身体《からだ》を折り曲げた。こめかみにガッッと二撃目を打ち込まれ、その場にくずおれる。驚いてそれを見やったミレーユは、助けてくれたのが誰かに気づいて目を瞠《みは》った。

彼は軽く息を切らし、険しい顔で男を見下ろすと、そのまま引きずって手近な部屋へ入って行く。ややあって戻《もど》ってくるとミレーユの前に膝をつき、はっとしたように頬《ほお》にふれた。

「どうしたんです、この傷。さっきの男にやられたんですか？」

そう言ってのぞきこんできたのはリヒャルトだった。その顔を見つめたまま、ミレーユは何とか首を横に振る。事情を説明しようと思うのに、驚きのあまり声が出ない。

ショックを受けていると思ったのか、リヒャルトはやさしく頭をなでてくれた。

「とにかく立って。ここじゃ目立つ」

抱《かか》えるようにして身体を引き上げられる。立とうとして力を入れた瞬間《しゅんかん》、激痛が走ってミレーユは思わず声をもらした。気づいたリヒャルトが急いで支える。

「どこか怪我《けが》を？」

「ううん……、何でもない」

やっと声を押し出したミレーユを気遣《きづか》わしげに見ながら、リヒャルトは別の部屋の扉《とびら》を開ける。先に入った彼は少したって戻ってきた。

「大丈夫《だいじょうぶ》、誰もいません」

使われていない部屋なのだろう。明かりはひとつもなく、ほとんど真っ暗だ。かろうじて、宴の開かれている迎賓館のほうから照らされているが、扉を閉めてしまったら目の前にいるはずのリヒャルトの顔すら見えなくなってしまった。

わかるのは、すぐそばにある気配と、手に触《ふ》れる彼の服の感触《かんしょく》だけだ。

話したいこと訊《き》きたいことがありすぎて、胸が詰まったように言葉が出てこない。何から言ったらいいのかと迷っていると、両の肩《かた》をぐっとつかまれた。

「どうしてこんなところにいるんです。誰《だれ》かに連れてこられたんですか？　今誰と一緒にいるんですか」

急《せ》いたように矢《や》継《つ》ぎ早の質問が来て、ミレーユは我に返った。彼に会えたのがあまりにも突然でびっくりしたのと、顔を見られたことが思った以上に嬉《うれ》しかったのとで、自分でも気づかないうちにぼんやりしていたのだ。

「え、ええと……、ここに来たのは成り行きっていうか、川を流されてたら拾ってくれて、そのままそこにお世話になってるの」

「流された、って——」

リヒャルトの声が緊張《きんちょう》を帯びる。ミレーユは慌《あわ》てて言葉を継いだ。

「それは別に誰かに落とされたとかじゃなくて、自分で水路に落ちちゃったのよ。そしたらいつの間にか川まで出ちゃってて……。拾ってくれた人たちがいい人たちで、面倒《めんどう》をみてくれたんだけど、気を失ってる間にこの離宮《りきゅう》に運ばれてたの」

「……」

暗闇《くらやみ》から、少しだけ安堵《あんど》したような吐息《といき》が返ってきた。

「一体どこに行ったのかと……。攫《さら》われて途中《とちゅう》で姿を消したと聞いたから、まさかギルフォード側に捕《つか》まったんじゃないかと思って」

「どうして知ってるの、攫われたって。ヒースに聞いたの？」

「その雇《やと》い主に聞いたんですよ。ずっと捜《さが》していたんですが、手がかりがなくて……。今の今まで、気が気じゃなかった」

力が抜けたようにリヒャルトは軽く身をかがめる。ミレーユの頭に頰を寄せるようにして、もう一度吐息をこぼした。

「でも、無事でよかった。……ミレーユ」

指が髪《かみ》を梳《す》きながら頭を抱え込み、そっと引き寄せられる。彼の懐に抱《だ》き込まれて、冷たい布地の感触がぺたりと頰に当たった。

久しぶりに自分の名前を呼ばれた気がする。こんなに耳に心地《ここち》よい名前だっただろうかと、傍《そば》で聞こえた声を反芻《はんすう》しながらミレーユは不思議な気持ちになった。もっとたくさん名前を呼んでくれないかな、などと思ってしまうのは、近頃《ちかごろ》ずっとミシェルとして過ごしてきたからだろうか。

――いや、こうして胸に抱え込まれるような体勢でいるからに違いない。はたとそのことに気づき、ミレーユは赤面しながら身体を退いた。

「ね、ねえ、じゃあ、リヒャルトはあたしを捜してここに来たってこと？」

「いえ、今夜ここへ来たのは人と会う約束をしていたからで……、急に外が騒《さわ》がしくなったから何かあったのかと思って様子をうかがってたら、あなたを見かけたんですよ。それで追ってきたんです。このへんで見失ったので捜していたら、ここから声が聞こえたから」

「あ、けど、フレッドも今ここにいるのよ。しかも女装で」

「ええ。あなたの身代わりで宮殿《きゅうでん》へ行くつもりですね」

フレッドの思惑《おもわく》を彼はとっくに知っているらしい。アルテマリスを出る前か出た後かはわからないが、どうやら連絡《れんらく》を取り合っているようだ。

「それでよくわかったわね。見かけたのがフレッドじゃなく、あたしだって」

「わかりますよ」

当然だという調子で彼は答えた。

「あなたとフレッドはよく似てますが、でも全然違《ちが》う。あなたはフレッドが絶対しないような表情をするし、逆の場合もそうです。見間違えたことは一度もありません」

静かな声でさらりと言われ、ミレーユは目を瞠った。

「それってかなりすごいわよ。ママだって二、三年前までは間違えることあったんだから。髪を全部帽子《ぼうし》の中に入れてたら、案外騙《だま》されちゃうのよね」

「ふたりでそんな悪戯《いたずら》を？」

「ええ。たまにね」

ふふ、とリヒャルトが笑いをこぼしたのがわかった。以前と同じ安らかで楽しい雰囲気《ふんいき》にミレーユも思わず笑顔《えがお》になったが、喜んでいる場合ではないのだと気づいて身を乗り出した。

「あのね、リヒャルト。今、この離宮にエルミアーナさまがいるの」

急き込んで切り出すと、リヒャルトは少し面食《めんく》らったようだった。

「知ってるでしょ、大公の妹君の……」

「ええ、もちろん知ってます。こんなところに療養《りようよう》に来るなんて――」

「そうじゃなくて、エルミアーナさまは、宮殿から宝剣《ほうけん》を持ち出してあたしに会いに来たの」

それだけで、リヒャルトには何の話か通じたようだった。応じた声が少し硬《かた》くなる。

「宝剣を？　まさか」

「ほんとよ。いえ、まだご本人から聞いたわけじゃないけど、でも侍女《じじょ》に話したらしいの。あたしに会って、大公との結婚《けっこん》をやめるように頼《たの》みに来たんだって。そのお詫《わ》びにシアランの宝剣を渡《わた》すつもりだって。それが原因で大公の刺客《しかく》に攫われそうになったの。秘密親衛隊だって言ってたわ。さっきあたしを襲《おそ》おうとしたやつも仲間なのよ、きっと。さっきまでそいつらを追ってて――」

「ちょっと待って」

黙《だま》っていたリヒャルトがどこか戸惑《とまど》ったような声で制する。

「つまりあなたは、エルミアーナと一緒《いっしょ》に行動をしているということですか？　あなたを川で助けたというのが彼女？」

「あ、ううん、エルミアーナさまに会ったのはここに来てからよ。リヒャルト、あたしね、今シアラン騎士《きし》団に潜《もぐ》り込んでるの」

少し間があった。混乱したような声が問いかけてくる。

「騎士団……？　どうしてそんなことに」

「話せば長くなるんだけど、順を追って話すわね。まず、いきなりヒースに誘拐《ゆうかい》されたのよ。途中で解放してやるって言われたんだけど、知りたいことが山ほどあったから、そのままついていくって言ったの」

「な——」

「その知りたいことっていうのは、えと、まあこんがらかりそうだから後で話すわ。それで、知らない城館に連れていかれたんだけど、ここにはヒースの雇い主はいないから、危ないから逃《に》げたほうがいいって親切なメイドさんが教えてくれて。で、秘密の地下水路を通って逃げようとしたら、足をすべらせて落ちちゃって、川まで流されたのよ」

リヒャルトは圧倒《あっとう》されたように黙っていたが、ぽつりと口を開いた。

「……そのメイドの名前は、もしかしてアンジェリカ？」

「え、知ってるの？」

「知人です。……そうか、なるほど。彼女があなたを逃したんですね」

独り言のようにリヒャルトはつぶやく。その緊迫《きんぱく》した声音《こわね》を聞きながら、ミレーユはアンジェリカというメイドのことを思い出していた。フレッドの友人と言っていたから、リヒャルトと面識があっても不自然ではない。けれども、一口に『知人』と言ってもどれくらい親しいのだろうかと、こんな時なのにふと気になってしまい、変な気持ちになった。

「ミレーユ？」

急に黙ったのを怪訝《けげん》に思ったのだろう、声が問いかける。ミレーユは慌てて口を開いた。

「そ、それで、目が覚めたら、もうシアラン騎士団に拾われてたの。女だってばれてないし、記憶喪失《きおくそうしつ》だって誤解されたから、このままここでいろいろ探《さぐ》ろうと思って入団志願したのよ。シアラン騎士団って、大公の近衛軍でしょ。きっと何か情報をつかめると思ったから」

「……何てことを……」

呆然《ぼうぜん》としたような声が吐息と一緒にもれる。何か言おうとした彼を制してミレーユは続けた。

「聞いて。あたし、騎士団の書記官室にいるの。軍の秘密書類を見られるところよ。あっ、それから、アンジェリカさんと知り合いなら、あの城館にいたシアランの貴族は誰か調べてもらって。サラさんの事件に関《かか》わってるやつらかもしれないの。名前を聞いたけど覚えてなくて」

「サラ？——どういうことですか？」

「ただの勘《かん》なんだけど。実はね、あたしあそこで知らない男に殺されそうになったのよ」

暗闇の中で息を呑《の》んだ気配がした。

「あたしのことをサラって呼んで、死んだはずなのに、とか言ってて。かなり様子が変だったわ。もしかしてあいつ、何か知ってるのかもしれない。あたしをサラさんと勘違《かんちが》いしてたみたいだったし。あなたは似てないって言ってたけど、あたしってやっぱりサラさんと似てるんじゃない？」

「何を呑気《のんき》な……！　怪我《けが》は!?」

「あ、それは大丈夫《だいじょうぶ》、アンジェリカさんが助けてくれたから。それからね」

何とか今自分が知る限りのすべてを伝えようと、リヒャルトが声をうわずらせたのを抑《おさ》えて、ミレーユは続けた。

「サラさんのことでリヒャルトの無実を証明してくれる人とも会えるかもしれないの。ヒースの上司なのよ。それと、その時一緒にいたっていうリヒャルトの弟は、あたしの友達のキリルって子だったらしいの。今はどこにいるかわかんないけど、きっと捜しだして、証言してくれるように頼んでみるから」

「……ミレーユ」

「それとね、大公はエルミアーナさまをジークと結婚させるつもりよ。それは何とか阻止《そし》してみせるわ。エルミアーナさまはあたしに会いにきたんだって。男としてだけどお知り合いになったし、機会を見て、剣《けん》のこととか話してみようと思うの。きっとあなたの味方になってくれると思う。剣が手に入ったら、リヒャルトは大公になれるんでしょ？　だから――」

「ミレーユ」

いきなり肩《かた》をつかまれて、ミレーユは口をつぐんだ。目の前にいるはずのリヒャルトの顔は見えないが、彼を包む空気が険しさを帯びたのがわかった。

「あなたという人は……。自分がどれだけ危険なことをしているか、わかってるんですか？」

予想以上に声が厳しい。きっと叱《しか》られるだろうとは思っていたが、やはり本人に責められるとさすがに少し怯《ひる》む。

「わかってるわよ。だからちゃんと気をつけてるわ。すごいさりげなくやってるし……」

「わかってないでしょう。今すぐやめてください。これは遊びじゃないんです」

「遊びなんて思ってない！」

カッとなって叫《さけ》ぶミレーユに冷静な声が降ってくる。

「この前、約束しましたね。アルテマリスに帰って欲しいと言ったら、わかったとあなたは言った。それを忘れたんですか？」

こういう時、リヒャルトは妙《みょう》に迫力《はくりょく》がある。負けじと、ミレーユは彼の顔があるであろうあたりを見上げた。

「ええ、覚えてる。でも、あの約束は悪いけど破らせてもらうわ」

堂々と破棄《はき》宣言をされ、リヒャルトは黙り込む。

「あなたが危ない道を進んでるってわかってるのに、知らん振《ぶ》りして帰れるわけないじゃない。そのためにやれることをやっと見つけたのよ。今更《いまさら》投げ出せないわ」

「……俺はあなたに、そうまでして助けてもらいたくない」

はき出された声は苦かった。ミレーユは言い返そうとしたが、肩をつかむ手に力がこもり、思わず口をつぐむ。

「男の振《ふ》りをして、男の集団にひとりで潜り込むなんて。今まで無事だったのは奇跡《きせき》ですよ。運が良かっただけだ。あなたはとてつもなく危険なことをしてる。俺のことよりまず自分のことをよく考えてください」

「だから、気をつけてやってるってば！」

「そういう問題じゃない」

にべもなく切り返され、一瞬詰《いっしゅんつ》まる。騎士団に潜入《せんにゅう》することを決めた時の気持ちがよみがえって、何も出来ないと気づいた時の自分を思い出してしまう。

「だって、他《ほか》にどうやったらいいの？　政治の難しいことはわかんないし、剣や弓であなたを守れるわけでもない。助けたいのに、他のやり方じゃ役に立たないんだもの」

悔《くや》しいのか悲しいのか自分でもよくわからないうちに、勝手に涙《なみだ》がにじんでくる。それがわかったのか、リヒャルトは肩をつかんでいた手をゆるめた。

「その気持ちだけで、充分役《じゅうぶん》に立ってます。あなたさえ無事なら、俺はそれでいいんです」

「あたしは嫌《いや》よ！　あなた、いつもそればっかり。そうやって、あたしを閉め出すようなこと言わないで。あたし、自分だけ安全なところにいたいなんて思ってない。あなたのそういうところ、全然優《やさ》しくないわ！」

もう何度もリヒャルトにそう言われてきたから、自分の事情に巻き込むまいと思ってくれているのは嫌と言うほど伝わっている。だがそれで嬉《うれ》しいという気持ちよりも寂《さび》しさのほうが先に来るのは、なぜなのだろう。

「あなたにはちゃんと帰る場所がある。家族に愛されて大事にされてる人を、そこから引き離《はな》すわけにはいかない。ましてや危険なことに巻き込むなんて」

「だけど、帰ってもあなたはいないじゃない！」

即座《そくざ》に返した叫びに、虚《きょ》を衝《つ》かれたようにリヒャルトは口をつぐんだ。

「パパやママやおじいちゃんや、みんな……待っててくれてても、あなたはいないじゃない。

そんなところになんか、あたし帰りたくない」

「……」

「リヒャルトがいるところじゃなきゃ嫌なの。あたしもついていきたいのよ！」

それは以前にはなかった感情だった。フレッドの身代わりとして呼ばれるようになってから彼と出会い、その期間だけ護衛をしてくれる関係。しょっちゅう会えるわけでないのを不満に思ったことなどなかったし、たまに顔を見れば嬉しかったが、それ以上のことを望んだことはない。こんなにも離れるのが嫌だと思ったことはなかったのだ。

暗闇《くらやみ》の中で気配が身じろぎする。深く細い、どこか苦しげな息をついてリヒャルトは言った。

「ミレーユ……。お願いだから、言うことを聞いて」

「嫌よ、聞かない。あなたがだめだって言っても、あらゆるものに擬態《ぎたい》しながらでもついていってやるわ」

ここまでくると半ば意地になっている。言い張るミレーユに対しリヒャルトは困り果てているようだったが、こちらも引かなかった。

「何と言われても、俺はあなたを危険な目に遭《あ》わせたくない。俺と一緒《いっしょ》にいたら、必ずそういうことに巻き込まれる。それがわかってるから離れたいんです」

「そんなこと、考えなくていいって言ってるでしょ」

「考えますよ。——あなたは俺の一番大切な人だから」

返ってきた答えに、今度はミレーユが口をつぐむ番だった。

何かに耐《た》えかねたように彼は息を吐《は》いた。

「いつもいつも、あなたのことばかり考えてる。今だって頭がおかしくなりそうなくらいだ。忘れようと決めた頃《ころ》に現れて、そういう可愛《かわい》いことを言うんだから」

詰《なじ》るように言われ、ミレーユは思わず瞬《またた》いた。声は苛立《いらだ》っているようなのに、急に可愛いなんて言われてもどう反応していいのかわからない。

「だ……ったら、連れてってくれてもいいでしょ？」

「だめです」

即答《そくとう》され、むっとしてにらむ。

「なによ、石頭！」

「石頭で結構。あなただって相当な頑固《がんこ》者だ。それに状況《じょうきょう》がわかっていない。殺されそうになったり、ついさっきも襲《おそ》われそうになったのに、危機感を覚えるどころか危険と隣《とな》り合わせの場所で寝《ね》泊《と》まりすることに疑問も感じていないし、前しか見えてない。あなたのそれは勇敢《ゆうかん》じゃなく無謀《むぼう》です。そんな人に手助けしてもらうつもりはありません」

冷静に告げられ、ミレーユは怯んだ。なんだか、急に雰囲気《ふんいき》が変わった気がする。

「でも、リヒャルト――」

「その名前で呼ばないでください。俺はもうリヒャルトじゃない」

突き放すような言い方に、思わず言葉を失う。彼は本気で自分を追い返そうとしている。拒《きょ》絶《ぜつ》されているのだと気づいて、心臓がつかまれたようにきゅっと痛んだ。

この気持ちは何だろう。わけもわからず息苦しくなってくる。

「……そんなに、あたしって邪魔《じゃま》？」

肯定《こうてい》されるのが怖《こわ》くて訊《き》けなかったことが、混乱しているせいで口から出てしまった。

一瞬《いっしゅん》間をおいて、簡潔な答えが返ってくる。

「邪魔です」

「……」

あまりにも声が冷たくて、咄嗟《とっさ》に信じられなかった。けれども空耳でないことは聞いていた自分が一番よくわかっていた。

やめておけばいいのにと頭の中で誰《だれ》かが止めるのを振り切り、さらに訊きたくないことを訊いてしまう。

「あたしのこと、嫌《きら》いなの？」

今度も、答えが返ってくるのにそう時間はかからなかった。

「嫌いです」

躊躇《ためら》いのない声で言い切られ、ミレーユはしばし息をするのも忘れてその答えを嚙《か》みしめた。

そんな言葉を彼の口から聞く日がくるなんて思ってもみなかった。それを聞き出したのは自分なのに、こんなにもショックを受けている。それでも、言わずにいられなかった。

「だけど……邪魔だと思われても、何と思われたって……、あなたと一緒にいたいんだもん」

我慢《がまん》したつもりが、声が震《ふる》えてしまう。それが少し悔しかった。

「邪魔にならないようにするから……、嫌っててもいいから、置いていかないで——」

沈黙《ちんもく》が落ちる。暗闇と静寂《せいじゃく》の中、かすかに聞こえるのは宴の会場にいまだ集《つど》っているはずの人々の声だけだ。互《たが》いがどんな表情をしているのかもわからない。今は、息が詰《つ》まりそうで胸が苦しい。

その気まずい静けさを破ったのは、リヒャルトの吐息《といき》だった。

「あなたはわかってないんです。自分がどんなに危険なことをしようとしているのかも、自分の発言が相手をどんなに惑《まど》わせているのかも、わかってない」

なおも指摘《してき》されて、ミレーユは半ばやけくそで言い返す。

「わかってるってば！」

「そんな健気《けなげ》なことを言われた男がどんな気持ちになるのか、全然わかってない」

「別に健気なことなんて言ってないでしょ！」

「そうやって無自覚なことをするたび、どんなに心が乱れるのか——」

ふいに両頬《りょうほほ》に手が触《ふ》れた。

包むようにしてそのまま軽く引き寄せられ、ミレーユはよろりと前に出る。

「どれだけわかっていないか、教えてあげます」

甘い香《かお》りが鼻をくすぐった。確かこれはリヒャルトがいつも持ち歩いている酔《よ》い止め薬の匂《にお》いだったはずだ。そう思い出して、互いがそれだけ近づいているのだと——彼が屈《かが》み込んできたのだと、ようやく気がつく。

「リヒャルト……？」

名前を呼ぶなと言われたのも忘れ、つい口にしてしまったが、返事は返ってこない。何か変だと目を凝《こ》らしていたら、頭を抱《かか》え込むようにして上向かされた。

そのまま瞼《まぶた》のすぐ横に唇《くちびる》で触れられ、一瞬遅《いっしゅんおく》れて心臓が飛び跳《は》ねる。

「へ……、な、なに……っ」

さすがに何をされたのか悟《さと》り、ミレーユは動転してもがいた。だが彼の手はびくとも動かず、それがますます焦《あせ》りを募《つの》らせる。

「は、離して」

「離しません」

耳のすぐ傍《そば》で声がして、思わず身体《からだ》を硬《かた》くする。目の前にいるのはリヒャルトだとわかっているのに、急に別人といるような心地《ここち》に陥《おちい》った。

「り、リヒャルト、変っ」

「ええ。あなたのせいだ」

つぶやくように言った彼の吐息が頬にかかる。ふいに、舞台《ぶたい》劇の夜のことがよみがえった。あの時も水路の中で同じようなことがあった。思い出した途端《とたん》、かっと顔が熱くなる。

「なんで、あたし……」

頬に触れていたリヒャルトの親指が、するりと滑《すべ》った。やがて唇を探し当てると、そっと顎《あご》を持ち上げる。

「そういうところが、いけないんです」

「なにが……」

あの夜、彼はすぐに冗談《じょうだん》だと言って手を離《はな》したが――今度はそうしなかった。

吐息がかかると同時に唇に触れられても、ミレーユは瞬《まばた》きすらできなかった。

頭の中が真っ白になるというのは、まさしくこういう場合を指すのだろう。視界を覆《おお》う黒い影《かげ》、頰や耳に当たる冷たい手、唇をふさいでいるやわらかい感触《かんしょく》――。それらをひとつずつ確《かく》認《にん》するようにして感覚が目覚め、やっと我に返った。

(……な……!?)

相手を突《つ》き飛ばすようにして顔を離す。何をされたのかはわかっても、すぐには言葉が出てこない。

「なに、すん……っ」

やっと出てきた声は呆然《ぼうぜん》としていて、自分のものではないみたいにどこか遠くで響《ひび》いた。

最後まで言う前に、肩《かた》をつかまれ引き戻《もど》される。反射的に退こうとしたが、追いかけてきた唇にその勢いのままもう一度口づけられた。

「や……だっ」

押し戻そうとした手を捕《と》らえられ、そのまま背後の壁《かべ》に身体を押しつけられる。一度目よりも強引《ごういん》なやり口に、重なった唇の隙間《すきま》から悲鳴がもれた。

(なにこれ……っ……なんなの……!?)

唇が離れ、互いの前髪《まえがみ》が触れそうな距離《きょり》で見つめ合ったときも、ただただ驚《おどろ》きと混乱で何も考えられなかった。まるで声の出し方すら忘れたように固まってしまっていた。

互いの吐息がまじり、近くにいることを感じる。そのとき初めて、それまで暗闇《くらやみ》にまぎれて見えなかった彼の表情が見えることに気づいた。外の宴の明かりが差し込んできていたのだ。

リヒャルトはすっと目を伏《ふ》せると、ミレーユの額に自分の額をつけて息を吐《は》き出した。

「……わかってないから、こんなひどいことをされるんです」

かすれたような、少し熱っぽい声が耳を打つ。

ミレーユは言われたことを口の中で繰《く》り返した。ひどいこと。——これは、ひどいこと、なのだろうか？

手首から、ふいにリヒャルトの指が離れる。視界を覆っていた影がなくなり、彼が身体を離したのだと気が付いた。

「——アルテマリスまで送らせます。人を連れてきますから、ここにいてください」

声は冷静な色に戻っていた。

空気が動き、気配が遠ざかる。扉《とびら》の開く音がして、差し込んだ廊下《ろうか》の明かりがリヒャルトの姿を照らした。しかしすぐに扉は閉められ、ミレーユを残して部屋は再び闇《やみ》に包まれた。

随分《ずいぶん》長いことひとりで立ちつくしていたような気がしたが、実際の時間はわからない。

やっと我に返って部屋を出た時には、廊下のどこにもリヒャルトの姿はなかった。

しんとした廊下に立っていると、先程《さきほど》のことは夢でも見ていたのではという気がしてくる。最初にここで助けられたほんのわずかの時間しか、顔を見ることができなかったのだ。

どちらに行ったのかわからず、ミレーユは諦《あきら》めて宿舎に帰ることにした。

踏《ふ》み出した足がずきりと痛んで、そういえば飛び降りた時に捻《ひね》ったのだったと思い出す。それまで忘れていた痛みが急に押し寄せてきた。頭の中はまだ混乱していて、何から考えればいいのかすらわからない。足下《あしもと》がおぼつかず、揺《ゆ》れているような気がした。

ぼんやりしたまま歩いていると、廊下の先に誰かが立っているのに気づいた。

まるでミレーユを待っていたかのような三人組は、ルーディとヴィルフリート、そしてフレッドだった。ドレスの上からマントのフードをかぶったフレッドは、いつもと変わらない様子でこちらへやってきたが、ひっかき傷だらけの妹の顔を見て驚愕《きょうがく》したように目を瞠《みは》った。

「なんてことだ！　ぼくそっくりの美しい顔が台無しじゃないか!!　一体何があったんだい、誰にやられたの？　お兄ちゃんが八つ裂《ざ》きにしてきてあげるから言ってごらん」

「さりげに怖いこと言うんじゃないわよ」

後ろについてきたルーディが顔をしかめて口をはさむ。

黙《だま》りこくっていたミレーユは二、三度瞬《またた》いて、ぽつりと口を開いた。

「リヒャルトに会った……」

廊下で助けてくれた時の、心配そうにのぞきこんできた瞳《ひとみ》を思い出す。だがあんなリヒャルトにはもう二度と会えないような気がしていた。こんなこと、誰《だれ》かに言ってもどうしようもないことなのに、あまりにも悲しくて口が勝手に動いてしまう。

「リヒャルトって呼ぶなって……。あたしのこと、邪魔《じゃま》で……嫌《きら》いだって」

ぎゅっと拳《こぶし》を握《にぎ》るのを見て、聞き分けのない子どもに困ったような顔でフレッドが笑う。

「だから言ったろ？　会わないほうがいいって」

「……」

うつむいて床《ゆか》を見つめる。アルテマリスを出る時、確かに兄はそう言った。それを振《ふ》り切って出てきたのは自分だ。だが助けたいと思って追いかけてきた気持ちは、リヒャルトにとっては押しつけでしかなかったのだろうか。そう思うと胸が詰まるように苦しくなった。

ふいに頬に触れられ、何事かと顔をあげると、フレッドがじっと見つめている。彼はそっと指でミレーユの唇を示した。

「口紅……取れてる」

「！」

ミレーユは思わず口に手をやった。ルーディに頼《たの》んで一番派手な色の口紅をつけていたから、色が剝《は》がれればかなり目立っただろう。その原因を思い出し、胸がどくんと波打った。

子どもじゃないのだから、あれがどういう行為《こうい》だったかくらいはわかる。心の準備も何もない時の突然《とつぜん》の出来事は、予想以上にショックが大きかった。リヒャルトがあんなに無理やりなことをするとは思わなかったから尚更《なおさら》だ。

けれど一番思い出されるのは、顔を離した時、暗闇で束《つか》の間見えた彼の表情だった。そしてその時、見つめ合った瞳に、自分がどんな気持ちになったのか。

(……………嫌いだって言ったくせに)

そう思ったら、自分でもぎょっとするくらい唐突《とうとつ》に、ぼろぼろっと涙《なみだ》がこぼれた。

今更《いまさら》どうして涙が出るのかわからない。リヒャルトに拒絶《きょぜつ》された時も、強引に口づけられた時も、泣きそうにはなったが何とか我慢《がまん》できた。なのに今は、拭《ぬぐ》っても拭っても涙は止まらない。こみ上げてくるものに理由をつけようと、ミレーユは泣きながらつぶやいた。

「……い……」

「ん?」

「あし…………いたい…………」

「足?」

フレッドはひょいと屈《かが》み込むと、躊躇《ちゅうちょ》なくミレーユの服の裾《すそ》をまくった。

「うわ……、真っ赤に腫《は》れてるじゃないか。一体どんな転び方したの」

「……」

「とりあえず冷やして、手当てをしよう。ルーディ、手伝って」

指名されたルーディは面倒《めんどう》くさそうにやってくると、泣きじゃくるミレーユを見ても慰《なぐさ》めるどころか相変わらず罵声《ばせい》を浴びせてきた。

「まったく。落ち着いて歩かないからすっ転ぶのよ。ほんとに馬鹿《ばか》ね、あんたは」

「まあまあそう言わずに。ぼくはそろそろ宴に戻って、シアランの皆《みな》さんを安心させてくるから。悪いけど連れて帰ってあげてくれる？」

「あーめんどくさい」

返事の代わりに憎《にく》まれ口を叩《たた》いて、ルーディはミレーユの腕《うで》を自分の肩に回す。支えて歩きだそうとして、ふと振り返った。

「ほら、あんたも行くわよ。ヴィル」

それまで一言も口を利《き》かず不機嫌《ふきげん》な顔で腕組《うでぐ》みをしていたヴィルフリートは、ふと眉根《まゆね》を寄せて踵《きびす》を返した。

「先に行け。忘れ物をした」

「はあ？　手ぶらで来たやつが何言ってんの」

「すぐ追いつく」

「ちょっと！」

止めるのも聞かず、ヴィルフリートはずんずんと廊下を歩いて行ってしまう。

まるで行き先を知っているかのようにフレッドが促《うなが》し、ルーディは仕方なく声をかけた。

「行こう、ルーディ」

「迷子になるんじゃないわよー！」

魔女《まじょ》の忠告などお構いなしに、王子の背中は脇目《わきめ》もふらず建物の奥へと消えていった。

ひとりで部屋を出た後、ミレーユを襲《おそ》っていた男をあらためて縛《しば》り上げてから、リヒャルトは廊下に出た。

歓迎《かんげい》式典の行われている離宮《りきゅう》には、旧王太子派の諸侯《しょこう》も訪《おとず》れている。抜《ぬ》け出してきた彼らとの会談の場に戻《もど》りながら、こみ上げる苛立《いらだ》ちのようなものを止められずにいた。

あんなに素直《すなお》に気持ちをぶつけてくれたのに、受け止めるどころか傷つけて拒絶してしまった。わかっていないと彼女を詰《なじ》ったが、わかっていなくて当然なのだ。自分はいつも、本当の気持ちを伝えることなくごまかしてきたのだから。もともと鈍感《どんかん》なミレーユにそれで伝わるわけがない。

彼女の行動原理は純粋《じゅんすい》すぎる。それがまぶしくて愛《いと》しかったが、逆に言うとひどく危《あや》うい。何の見返りも期待することなく、ただ良心だけで突《つ》っ走る。これ以上続けさせたら間違《まちが》いなく命が危険にさらされるだろう。現に、自分の知らないところで無茶《むちゃ》ばかりして、危ない目に遭《あ》いまくっている。

傷つけてでも遠ざけて、やめさせなければ。でないと本当の意味で失うことになりかねない。

（あんなに傷だらけになって……冗談《じょうだん》じゃない）

自分のいないところで危ない目に遭われるのが、一番腹が立つ。ミレーユに対してでなく、自分に対してだ。傍《そば》にいれば庇《かば》ってあげられたのにと思ってしまう。だがこの理屈《りくつ》がシアランでは通用しないのも苛立たしい。自分の周りが一番危険だから、傍にいてくれとはどうしても言えないのだ。

ささくれた心持ちで歩いて行くと、行く手に男が待っているのが見えた。

短い黒髪《くろかみ》の若者は、騎士《きし》団の軍服ではなく貴族の正装に身を包んでいる。任務で宴に潜入《せんにゅう》するのだと聞いていたからその恰好《かっこう》には違和感《いわかん》はなかったが、彼が待っていたことで繋《つな》がった事実に、声音《こわね》は自然ときつくなった。

「おまえか。彼女を連れて来たのは」

「……」

「なぜ言わなかった。どれだけ心配したと思ってるんだ」

黒髪の騎士――ロジオンは、床を見つめたまま答えた。

「申し訳ございません」

それだけ言ってまた黙り込む。言い訳はできないとわかっているのだろう。

ミレーユを拾ったのが偶然《ぐうぜん》か仕組まれたことかは後で聞くとして、どちらにせよ騎士団に潜入している彼が途中《とちゅう》でミレーユを放り出すことは出来なかっただろうし、彼が気を配ったからこそ男だらけの場所にいても無事だったのだろう。それを思うと一概《いちがい》には責められず、リヒャルトは息をついた。

「すぐにアルテマリスに帰す。おまえは騎士団のほうの調整をしてくれ」

指示を出して歩き出そうとするが、ロジオンは黙《だま》っている。怪訝《けげん》に思って見つめると、ようやく口を開いた。

「あの方に、若君のお側《そば》にいてほしいと思ったので黙っていました」

「……」

「私は、あの方に帰っていただきたくはありません」

いつも寡黙《かもく》な彼が自分の意見を言うのは珍《めずら》しい。その内容もあって、リヒャルトは虚《きょ》を衝《つ》かれて黙り込んだが、ロジオンが何かに気づいたように息を呑《の》んで一歩踏《ふ》み出してきた。

「若君、お怪我《けが》を？　口元に血が……」

言われるまま手をやると、指の腹に赤い色が付いた。そういえば明るいところで顔を見た時、ミレーユはこんな色の口紅を付けていたと思い出し、リヒャルトは思わずそれを見つめた。

「……大丈夫《だいじょうぶ》だ。血じゃない」

抱《だ》きしめた時の温《ぬく》もりを思い出しそうになり、それを振り切るように歩き出す。

「そこの部屋にさっきの男を縛って転がしてある。騎士団に連れ帰って捕《と》らえるように」

「ですが――」

何か言いかけたロジオンが、ふいに口をつぐんだ。背後へ目をやっているので何事かと振り向くと、歩いてくる金髪《きんぱつ》の少年が目に入った。

おそろしく不機嫌な顔つきのヴィルフリートは、すぐ近くまできて立ち止まると険しい目つきでこちらをにらんだ。

「——よくもまた泣かせたな」

「……」

「貴様のような男には任せておけん。ミレーユは僕が連れて帰るからな！」

もともと女性に対しては平等に紳士《しんし》的な王子だったが、これはさすがに他《ほか》の理由からの申し出だろう。王子がこんな異国にいる理由も同じはずだ。アルテマリスに帰った彼がミレーユを慰める様子がふと脳裏《のうり》をよぎった。

「ありがとうございます。殿下《でんか》にお任せします。できれば、なるべく早いうちに」

ヴィルフリートは目を瞠《みは》ってリヒャルトを凝視《ぎょうし》した。その顔がみるみる怒《いか》りの形相に変わる。

「……っおまえは彼女のことが好きなんだろうが！　今まで散々僕の前でいちゃついておいて、今更何を寝《ね》ぼけたことを言っている！」

「何とおっしゃられても、ここに置いておくわけにはいきませんので」

頑《かたく》なな口調に、ヴィルフリートの頬《ほお》が朱《しゅ》に染まった。

「ふざけるな——っっ！」

叫《さけ》ぶなり、王子はいきなり拳《こぶし》を繰《く》り出してきた。野蛮《やばん》な喧嘩《けんか》などしたことがないはずだから思わず感情のままに手が出たのだろう。避《よ》けなかったせいで顎《あご》先に衝撃《しょうげき》がぶつかってきた。

「せいぜい後で悔《く》やむがいい！　腰抜《こしぬ》けめ!!」

憎々《にくにく》しげに捨て台詞《ぜりふ》を吐《は》くと、彼は踵を返してずんずんと去っていった。

「若君」

制されて手を出せなかったロジオンが急いで寄ってくる。口元をぬぐったリヒャルトは手に付いた赤いものを見つめて苦く息をついた。

それは血の赤なのか口紅の赤なのか、混じり合ってしまって区別することができなかった。


ベルンハルト伯爵《はくしゃく》としてシアランへやってきたヴィルフリート王子のため用意された館《やかた》で、空き部屋を借りたミレーユはひとりで膝《ひざ》を抱《かか》えていた。

フレッドたちは宴へ戻ってしまったし、館内は静まりかえっている。そんな中、考えていたのはリヒャルトのこと、そしてこれからのことだった。

反大公派の妨害《ぼうがい》工作に見立て、フレッドは花嫁《はなよめ》の狂言誘拐《きょうげんゆうかい》を実行したらしい。そうして大公のアルテマリスへの面目《めんぼく》をつぶし、シアラン国内にも波紋《はもん》を広げようと画策しているのだ。

フレッドのことだから他にも山ほど策を持っているだろう。ルーディもヴィルフリートも協力して、着実に大公の追い落としにかかっている。なのに自分は、意気込みだけは人一倍あるという自負はあれど、これといった有力情報もつかめていない。不確かな方法でしか前に進めない上、リヒャルト本人にも拒絶《きょぜつ》されてしまった。

あらためて今夜のことを思い出せば、頭の中はまたぐるぐると混乱で回り出しそうになる。

恰好《かっこう》よく助けにきたり、優《やさ》しく心配したり、怒ったかと思うとすぐ下手《したて》に出てなだめたり、邪《じゃ》魔《ま》だの嫌《きら》いだの言った挙げ句抱きしめてキスしたり——。

（なんなの、あの人。わけわかんない……）

アルテマリスにいた頃《ころ》のリヒャルトは、天然ではあったが大体いつも穏《おだ》やかで優しかった。その彼があんなにもいろんな面を見せ、最後には無理やり押さえつけて唇《くちびる》を奪《うば》うという暴挙に出た。いまだに信じられないが、事実だ。

シアランに帰って、いろいろ問題山積みで余裕《よゆう》がないのだろうかとも思う。どことなくいつもの冷静さがないのは感じた。そんな時にわがままを言ったから怒ってしまったのだろうか。

（いや、けど、だからってあんなことしなくてもいいじゃない。いきなり、びっくりしたじゃない……）

思い出すとどうしていいかわからず、ミレーユは動揺《どうよう》しながら抱えた膝に顔を半分うずめた。

（いくら邪魔だからって……嫌いだからって）

そっと唇に指で触《ふ》れてみる。ふと吐息《といき》のかかる感覚がよみがえって、頬が熱くなった。

もし他の男に同じことをされたら、きっと嫌悪《けんお》感しかわかず二度と顔も見たくないと思っただろう。場合によっては殺意すら覚えたかもしれない。それくらいひどいことをされたという自覚はあった。

なのに、どうしてだろう。あんなことをされてもなお、彼のことを追いかけて行きたくて仕方がないのは。

もう一度会いたい。会って、そして——。

（……思い切り、ぶっ飛ばしてやりたいわ）

めらっ、と瞳に怒りの炎《ほのお》が宿った。

（あの男……っ。よくもあたしの唇を……乙女《おとめ》の夢を奪ったわね！　嫌いとか言っておきながら、一体どういうつもりなわけ!?　ふざけるんじゃないわよ、あの石頭野郎《やろう》——っっ！）

盛大に内心で罵《ののし》りながら、ミレーユは持っていた枕《まくら》をぼすぼすと殴《なぐ》りつけた。

いくら環境《かんきょう》が変わって余裕がないのだとしても、ミレーユがわがままを言い張ったことに苛《いら》立《だ》ったのだとしても、うろうろされると邪魔だから追い返したかったのだとしても——何にしても、あんなことをしてもいいという理由にはならない。

（直前までは『一番大切』とか言ってたくせにっ。一体どっちなのよ！　もう、意味わかんないっ。……何なのよ、あの瞳は……）

あの時——暗闇《くらやみ》の中、間近で見つめ合った時。リヒャルトの瞳《ひとみ》を見て気づいたことがある。

彼が、自分に嫌われようとしているのではないかということだ。

自分でもひどいことだと言っていたから、彼はおそらく嫌《いや》がらせのつもりだったのかもしれない。だが少し冷静になった今考えてみると、乱暴に扱《あつか》われたわけでもないし、それどころかそんなことをした張本人のほうが辛《つら》そうな顔をしていた。あれでは全然嫌がらせになっていない。

彼はどうやら嫌われたいようだが、乙女がやられっぱなしで引き下がれるわけがないのだ。

これはもう、復讐《ふくしゅう》するしかない。

（誰《だれ》が嫌いになんかなるかってのよ。あんなことしといて逃《に》げられると思うんじゃないわよ。

乙女の純潔を踏みにじったらどんな仕打ちを受けるのか、目にもの見せてくれるわ！）

固く決心し、ミレーユは憤然《ふんぜん》と立ち上がった。


王子は一足先に宴から戻《もど》っていたらしい。念のために取り次ぎを頼《たの》んでみたら、まだ眠《ねむ》りにつく準備もしていなかったようで、夜も遅《おそ》いというのに面会を許してくれた。

「今日は、いろいろお世話になりました。今から戻ろうと思うので、ご挨拶《あいさつ》にきました」

王子は目をぱちくりさせ、驚《おどろ》いたような表情になった。

「戻る、だと？」

「はい。正確に言うと、残るっていうか……、シアランでやることがあるんです。それが終わるまではアルテマリスには帰らないと決めました」

「いや、しかし……残って何をするんだ？」

「ひとまず、リヒャルトに復讐してきます」

重々しい告白に、ヴィルフリートは耳を疑ったらしかった。

「ふ、復讐？　って、何だ」

「いろいろです」

ふいに気迫に満ちた目になったミレーユに、王子は一瞬《いっしゅん》たじろぐ。彼はしばらくそんな彼女を見つめていたが、やがて真面目《まじめ》な顔になって言った。

「つまり、あいつのために戻るということか」

少し間をおいて、ミレーユはうなずいた。リヒャルトは帰れと言うが、ミレーユ自身を頼《たよ》ってきたエルミアーナのこともある。今更《いまさら》投げ出して帰れるわけがない。

「……やっぱりきみは、あいつのことが好きなのではないのか？」

確認《かくにん》するような問いかけに、目を伏《ふ》せる。以前も彼に同じ質問をされたことがあった。あの時、自分はどう思ったのだったろう。ただ追いかけて行きたくて、それがなぜなのかは考えてもみなかった。

そして今、胸の内にうずまくもやもやとした気持ちを、あらためて見つめてみる。自分はなぜ、そんなにもリヒャルトの傍にいたいのか――。

「――そうなのかどうか、確かめてきたいんです」

ミレーユの答えに、王子は黙《だま》り込んだ。彼はしばし難しい顔で考えてから口を開いた。

「戻ると言っても、当てはあるのか」

「はい。シアラン騎士《きし》団に潜入《せんにゅう》してるんです。そこの宿舎に」

「何……？　騎士団とは、敵だろう。危なくないか？」

「……危なくても、行きたいんです」

思わずぎゅっと拳を握《にぎ》る。その思《おも》い詰めたような顔を見て、ヴィルフリートは圧倒《あっとう》されたようにまた黙ったが、やがてうなずいた。

「わかった。思う存分やってくるといい。フレデリックには僕から話しておく。ただし、無茶《むちゃ》はしないことだ」

力強い激励《げきれい》に、ミレーユはしみじみと感謝の念がこみ上げるのを感じた。

「ありがとうございます！」

心の底から礼を言うと、深々と一礼してからミレーユは王子の部屋を後にした。


王子がそのことに気づいたのは、ミレーユが部屋を出てしばらくたってからだった。

(はっ。……また、敵に塩を送ってしまった…………)

一度ならず二度までも。自分のうっかり具合に、彼は思わずがくりとテーブルに肘《ひじ》をつく。

けれども考えてみる。自分は彼女のどういうところが好きだったのか。

優しくて、勇敢《ゆうかん》なところだ。

それを誰のために発揮しようとしているのか考えると腹が立つが、仕方がない。初めから今までずっと、彼女はリヒャルト以外は目に入っていない。それくらいは見ていればわかる。

(仕方あるまい。困っているご婦人を助けるのは、紳士《しんし》の務めだからな……)

とは思うものの、紳士とて人間だ。恋敵《こいがたき》を呪《のろ》いたくなることもある。

(……あの腰抜《こしぬ》け男め。一度くたばって目を覚ますがいい！)

今日ばかりはそんな非紳士的なことを考えても、罰《ばち》は当たらないだろう。

王子は盛大にやさぐれながら、ぶどう酒とともに夜を明かすことにした。

あとがき

こんにちは、清家未森です。

『身代わり伯爵の潜入』、いかがだったでしょうか。

シリーズタイトルにもかかわらず、最近身代わり伯爵が出てこないのは、皆様《みなさま》の気のせいではありません。すみません……。今回に関して言えば、身代わりになっている人は一応出てきましたが。

シアラン編二冊目は、主人公が新しい環境《かんきょう》に飛び込んだせいで、新キャラが山のように出てきています。人口密度高めになっておりますので、どうかゆっくりじっくり読んでやってくださいませ。

さて、新天地でもミレーユは相変わらず突《つ》っ走っています。それはいつものことなのでいいとして、ブチッと切れたリヒャルトも今回はある意味暴走してしまいました。天然カップルから頑固者《がんこ》カップルになりつつも、冒険度とラブ度は少しずつ上がってきたかなと思っていますが、どうでしょう？　そして男前度と健気度《けなげ》がアップすると同時に可哀相度《かわいそう》も増していく王子には、頑張れよと肩《かた》を叩《たた》いて励《はげ》ましてやりたい気分です。

話は変わりますが、先日『身代わり伯爵の冒険』のドラマCD収録にお邪魔《じゃま》してきました。予想をはるかに超《こ》える声優の皆様のハジけっぷりに、現場は終始爆笑《ばくしょう》に包まれていました。聴《き》けば元気が出ること間違《まちが》いなしの、悶《もだ》えて笑える、すごく楽しい作品にしていただいてます。書き下ろしの短編小冊子もついてきますので、機会があればぜひ聴いてみてくださいね。

最後になりましたが、ねぎしきょうこ様。新キャラ八人プラス猫《ねこ》、おまけに新軍服までお願いするという暴挙に快く応じてくださり、本当にありがとうございます。イケメン集団の中にひっそりまぎれ込んでいる用心棒軍団が大好きです。

担当様。上京の折には大変お世話になり、また、ご心配などもおかけしました。いつもネタの提供ありがとうございます。ひそかに心のネタ帳にメモらせていただいております。

そしてこの本を読んでくださった皆様。早いもので本作も六巻目です。いつも応援《おうえん》していただいているおかげでここまでくることができました。ありがとうございます。ミレーユの殴《なぐ》り込み——もとい、新たな冒険に、もう少しだけお付き合いいただけると嬉《うれ》しいです。

次回もなるべく早くお目にかかれるよう頑張りますので、よろしくお願い致《いた》します。

清家未森

「身代わり伯爵の潜入」の感想をお寄せください。
おたよりのあて先
〒102-8078　東京都千代田区富士見2-13-3
角川書店ビーンズ文庫編集部気付
「清家未森」先生・「ねぎしきょうこ」先生
また、編集部へのご意見ご希望は、同じ住所で「ビーンズ文庫編集部」
までお寄せください。

身代《みが》わり伯爵《はくしやく》の潜入《せんにゆう》

清家未森《せいけみもり》

角川ビーンズ文庫　BB64-6　15364

平成20年10月1日　初版発行
平成21年9月5日　5版発行

発行者———井上伸一郎
発行所———株式会社角川書店
東京都千代田区富士見2-13-3
電話/編集(03)3238-8506
〒102-8078
発売元———株式会社角川グループパブリッシング
東京都千代田区富士見2-13-3
電話/営業(03)3238-8521
〒102-8177
http://www.kadokawa.co.jp
印刷所———暁印刷　製本所———BBC
装幀者———micro fish

ISBN978-4-04-452406-7 C0193 定価はカバーに明記してあります。

赤き月の廻《めぐ》るころ
グランドラブロマン決定版!!
岐川新
イラスト／凪かすみ
不思議な力を持つロクソンの第二王女レウリアは、スパイとしてブロウへ潜入することに。捜査を続けるレウリアは、数年前、強引に唇を奪って去ったジェラールに、正体を怪しまれてしまう。レウリアを捕らえたブロウは、「ジェラールと結婚するか、さもなくば処刑か」と究極の二者択一をロクソン側に持ちかけて!?
「赤き月の廻るころ」シリーズ
大好評既刊
①紅蓮の王子と囚われの花嫁
②二人の求婚者
以下続刊
●角川ビーンズ文庫●